Le feu sous la cendre

ROXANNE ST. CLAIRE

Le feu sous la cendre

Collection *Passion*

*éditions*Harlequin

Cet ouvrage a été publié en langue anglaise
sous le titre :
THE FIRE STILL BURNS

Traduction française de
PATRICIA RADISSON

HARLEQUIN®

est une marque déposée du Groupe Harlequin
et Passion® est une marque déposée d'Harlequin S.A.

Originally published by SILHOUETTE BOOKS,
division of Harlequin Enterprises Ltd.
Toronto, Canada

Toute représentation ou reproduction, par quelque procédé que ce soit, constituerait une contrefaçon sanctionnée par les articles 425 et suivants du Code pénal.
© 2004, Roxanne St. Claire. © 2005, Traduction française : Harlequin S.A.
83-85, boulevard Vincent-Auriol, 75013 PARIS — Tél. : 01 42 16 63 63
Service Lectrices — Tél. : 01 45 82 47 47
ISBN 2-280-08405-8 — ISSN 0993-443X

1.

Masse noire et cendrée, les restes carbonisés d'Edgewater se dressaient au milieu d'une pelouse calcinée. Les sourcils froncés, Colin McGrath contemplait l'amoncellement désolé de pierres, autrefois fleuron des majestueuses demeures estivales de Newport.

Edgewater n'était plus. Avec ce vaste manoir disparaissait l'un des plus beaux spécimens de l'âge d'or de l'architecture de Newport. En tant qu'architecte, Colin en regrettait la perte, au même titre qu'il déplorait toujours la disparition des belles structures érigées par l'homme au fil des siècles. Cependant, son côté puriste lui soufflait autre chose : au diable tous ces opulents mausolées à l'italienne aux proportions démesurées ! Il en restait bien assez dans tout l'Etat du Rhode Island, pour attirer les touristes par milliers !

A son avis, le nouveau millénaire marquait la fin de l'extravagance excessive en matière d'architecture. En ce qui concernait Edgewater, sa sortie de l'histoire avait été précipitée par la foudre, alliée à un vent violent et à une période de grande sécheresse. En somme, Mère Nature avait accompli plus vite que de coutume son travail de dégradation et d'effacement du passé.

Pour Colin, cet incendie se transformait en aubaine. En effet, sa participation à l'appel d'offres pour reconstruire le manoir, envisagée au début comme une corvée, prenait tout à coup des allures de mission personnelle à mener à bien. Il portait en lui une vision si nette du bâtiment qui remplacerait Edgewater, qu'il n'avait nul besoin des croquis enfouis au fond de la sacoche patinée serrée sous son bras.

Cette simple idée amena un sourire sur son visage tandis qu'il déambulait vers la Grande Remise, bâtiment à deux étages, seul vestige encore en état de la demeure historique.

Pour restaurer les lieux, on avait fait appel à la fine fleur des architectes du pays, remarqua Colin en se massant la nuque. Des hommes en costume sombre et chemise empesée se tenaient par petits groupes autour de la Grande Remise. Les quelques femmes présentes portaient la version féminine du même uniforme professionnel.

Pour ce rendez-vous, pas une queue-de-cheval, pas une boucle d'oreille ni le moindre jean. Jusqu'à son arrivée.

Conscient des conversations soudain interrompues et des têtes tournées vers lui, Colin grimpa deux à deux les marches du perron. Il avait l'habitude. Depuis son entrée dans le cercle fermé de l'architecture, il en faisait trembler les fondements. Une chose au moins était sûre : personne ici n'ignorait son nom ni sa réputation !

Parmi cet aréopage rassemblé pour cette course au contrat, un seul cabinet d'architectes l'inquiétait : Hazelwood et Harrington. H et H, comme disaient les initiés… Quelque part au milieu de cette foule se trouvait un représentant de la vénérable et redoutable institution, vieille de cent cinquante ans. Eugène Harrington en personne ? Pourquoi pas. En tout cas, songea Colin pour se rassurer, pas de risque de rencontrer *la* personne de ce cabinet qui lui importait. Sa Seigneurie Harrington gardait sans doute cette princesse enfermée dans une tour d'ivoire afin de la protéger des loups. En particulier des loups à cheveux longs tels que lui, Colin McGrath !

Une dame à cheveux gris se tourna vers lui. La voix chargée d'un dédain non déguisé, elle s'adressa à lui :

— Vous êtes en retard, monsieur. Vous feriez mieux d'aller vous présenter à la secrétaire, à l'intérieur.

Nullement perturbé par cet accueil, Colin remercia d'un signe de tête. Il s'était renseigné avant de venir : Adrian Gilmore, l'actuel propriétaire du manoir, recevait les candidats par ordre alphabétique. En fait, il savait beaucoup de choses à propos de l'excentrique milliardaire britannique désireux de reconstruire son castel carbonisé de Bellevue Avenue.

Lui, Colin McGrath, se faisait fort d'obtenir le contrat. Il n'avait cependant pas la moindre intention de rebâtir Edgewater à l'identique. Là résidait tout le défi.

Dans le hall d'entrée de la Grande Remise, une jeune femme, un bloc-notes à la main, faisait les cent pas devant une haute porte à double battant. Derrière cette porte, Gilmore recevait tour à tour les architectes candidats.

En apercevant Colin, la secrétaire ralentit ses va-et-vient. Elle évalua du regard la tenue de l'architecte et laissa ses yeux s'attarder sur le petit anneau d'or qui ornait son oreille droite.

— Monsieur McGrath ?

Il la gratifia d'un sourire ironique.

— Comment avez-vous deviné ?

— Vous êtes la seule personne de ma liste à ne pas s'être présentée, expliqua-t-elle.

Puis, laissant filtrer un regard séducteur entre ses longs cils, elle ajouta :

— Vous êtes aussi le seul homme sans cravate…

Colin lui fit un clin d'œil et commenta sur un ton de conspirateur :

— Je ne tiens pas à étouffer, moi ! Dites-moi, Gilmore n'a pas encore atteint la lettre M, au moins ?

— Vous arrivez à temps ! Vous passez juste après Mlle Harrington.

L'espace d'une seconde, le nom résonna dans la tête de Colin.

— Mademoiselle ? Grace Harrington ?

Avant que la secrétaire n'ait le temps de répondre, les doubles battants s'ouvrirent, laissant entrer la lumière dans le hall obscur. Nimbée de cette clarté, une silhouette apparut. La femme qui hantait ses rêves depuis dix ans se tenait dans l'embrasure de la porte. Une apparition sortie du paradis.

Gracie…

Il en eut le souffle coupé.

D'une main délicate, elle lissa une mèche de sa longue chevelure blonde. Comme si une seule boucle indisciplinée constituait une offense à l'ordre général du monde. Ses cheveux, un peu plus courts qu'autrefois, tombaient sur ses épaules en cascade soyeuse. A part ça, en dix ans, son visage n'avait pas changé. Si, un peu, rectifia-t-il. Elle était devenue encore plus belle.

Peau laiteuse, yeux vert mousse envoûtants, pommettes dessinées par un artiste… Quand elle sourit à la secrétaire, il reconnut les fossettes qui creusaient si joliment ses joues.

La vision fit à Colin l'effet d'un coup de poignard. La simple évocation de Grace Harrington avait le pouvoir de lui chambouler le cœur et le corps, mais la voir en chair et en os le fit vaciller.

Protégé par la relative obscurité du hall, il dit calmement :

— Salut, Gracie.

Pendant un quart de seconde, les yeux de la jeune femme étincelèrent. A l'affût, Colin y lut de la stupeur, mêlée de… plaisir ? Très vite, cependant, l'étincelle disparut et son regard se ferma.

— Pardon ? dit-elle.

Sortant de l'ombre, Colin tendit une main polie. Comme s'ils n'avaient jamais été intimes. L'avaient-ils d'ailleurs jamais été ? s'interrogea-t-il. Cela dépendait de la définition que l'on donnait au mot…

— Colin McGrath, dit-il.

10

Pour toute réponse, elle lui adressa un regard sans expression.

— L'université Carnegie Mellon. Ta première année de fac. Ça ne te rappelle rien ?

Tout en parlant, Colin s'abreuvait du joli visage de Grace. Il laissait son regard errer jusqu'à son cou gracile, s'attardait sur la peau que laissait entrevoir l'échancrure de son tailleur ivoire. Il se souvenait avec une douloureuse précision du goût de cette peau.

— Les Buggy Races ? ajouta-t-il en se penchant en avant.

Les joues de Grace s'empourprèrent. De toute évidence, nota Colin, elle se souvenait de la nuit où Mlle Harrington ne s'était pas conduite selon son rang.

— Colin, bien sûr…

Le ton de sa voix, riche des intonations aristocratiques de la Nouvelle-Angleterre, était toujours aussi maîtrisé et élégant.

— J'ai entendu dire que tu avais ouvert un cabinet d'architecture à… Pittsburgh, je crois ?

Rêvait-il ou bien le ton de Grace trahissait-il une certaine condescendance ? Qu'importe ! Au moins, cela prouvait qu'elle ne l'avait pas tout à fait perdu de vue. Avait-elle suivi sa carrière sur le Net, comme il l'avait fait pour elle ? Il avait ainsi appris son brillant succès à l'Ecole d'architecture de Rhode Island, puis son entrée dans le célébrissime cabinet de son père. Par d'autres biais, il avait su qu'elle vivait à Boston et surtout, surtout, qu'elle n'était pas mariée.

— Je suis toujours basé à Pittsburgh, répondit-il. Mais je bouge pas mal.

Comme les yeux de Grace s'attardaient sur l'anneau à son oreille et son col ouvert, il ajouta d'une voix sèche :

— Content de voir que rien n'a changé.

C'était le moins que l'on puisse dire, songea-t-il. Gracie se comportait toujours en déesse offensée. Elle le haïssait pour la nuit, dix ans plus tôt, où elle avait trébuché. Tombée de son piédestal directement entre les bras d'un vaurien ! Et même dans son lit.

Elle leva un sourcil délicat et passa son attaché-case d'une main dans l'autre.

— Rien n'a changé ? répéta-t-elle.

Colin fit un pas dans sa direction et perçut le discret parfum de lavande qui se dégageait d'elle.

— Tu es toujours aussi…

Les yeux de Grace s'agrandirent.

— Aussi belle, acheva-t-il en souriant.

La voix de la secrétaire le tira de son aparté avec Grace Harrington.

— Monsieur McGrath… M. Gilmore vous attend.

Les épaules de Grace se détendirent. Soulagée de cette diversion, elle lança :

— Bonne chance !

Il hocha la tête en guise de remerciement, mais lui barra le passage en avançant encore d'un pas.

— Déjeunons ensemble, tout à l'heure, suggéra-t-il.

De nouveau, une étincelle éclaira le regard de Grace. Mais elle mourut très vite, remplacée par un petit sourire glacial.

— Merci, mais je dois rentrer à Boston.

Sa réponse négative n'étonna pas Colin. Pendant les quatre années qu'ils avaient passées à Carnegie Mellon pour leurs études, elle avait à peine caché son mépris lorsque leurs chemins se croisaient sur le campus ou dans la section d'architecture. Elle détournait systématiquement les yeux avec ostentation et elle avait tout fait pour éviter de se retrouver en sa compagnie pendant leurs périodes de stages.

Mais dix ans avaient passé ! Le hasard les remettait en présence et, comme disait Gram McGrath, il était né sous une bonne étoile. Alors…

12

— Allez, Gracie, insista-t-il. Tu diras à ton papa que tu es restée pour assister au résultat de la consultation de Gilmore.

La secrétaire se racla la gorge.

Le sourire de façade de Grace se fissura. Colin remarqua la petite veine qui battait à sa tempe. Il avait embrassé cette veine, se souvint-il.

— La concurrence ne nous inquiète pas, répliqua-t-elle en le contournant. Hazelwood et Harrington ont construit Edgewater au XIXe siècle, et nous la rebâtirons au XXIe.

— M. Gilmore vous attend, répéta la secrétaire.

Le cerveau de Colin fonctionnait à cent à l'heure. Cette fois-ci, il ne permettrait pas à Gracie de lui échapper. A moins d'être un sot, on ne commet pas deux fois la même erreur.

Il posa la main sur son bras pour la retenir.

— Nous devrions parler de nos projets respectifs pour Edgewater, lança-t-il.

Comme si le contact de Colin la brûlait, Grace retira vivement son bras.

A cet instant précis, la voix aux intonations britanniques d'Adrian Gilmore s'éleva depuis la pièce voisine :

— Qu'est-ce qui retient M. McGrath ?

Les yeux rivés à ceux de Grace, Colin tenta sa chance avec une lenteur délibérée.

— Je dois te dire quelque chose… à propos des Buggy Races.

Grace pâlit. Elle releva le menton d'un air de défi.

— C'est de l'histoire ancienne, je t'assure ! rétorqua-t-elle.

De la pièce à côté parvint le bruit d'une chaise qu'on repousse avec impatience. Puis la voix de Gilmore s'éleva :

— Diane ! Sautez le tour de McGrath, et faites entrer M. Perkins !

Sous le coup de l'urgence, Colin revint à la réalité. Il effleura l'épaule de Grace et lui souffla :

— Attends-moi, Gracie.

Sur ce, il entra à grands pas dans la pièce où se tenait Gilmore et lui tendit la main en disant d'une voix claire :

— Ne sautez surtout pas mon tour, Adrian ! J'ai les meilleurs plans dans mon attaché-case !

Le milliardaire ne daigna pas sourire.

— J'aime bien la confiance en soi, McGrath. Mais n'éprouvez plus jamais ma patience.

— Je ne veux éprouver qu'une chose : votre imagination, répondit Colin sans se démonter.

Il ouvrit sa sacoche et en tira sa première esquisse, sans rien montrer de la tempête qui l'agitait. Grace resterait-elle ? Et si oui, lui dirait-il la vérité ? A savoir que, au cours de leur nuit commune, il n'avait commis d'autre méfait que de la contempler pendant son sommeil.

Au matin de sa première et sans doute unique gueule de bois, elle s'était réveillée dans son lit, persuadée qu'il avait abusé de la situation. Pire, elle était demeurée sourde à ses protestations, ce qui pouvait se comprendre car elle s'était réveillée complètement nue entre ses bras, dans un lit en bataille. Mais aujourd'hui, dix ans plus tard, le croirait-elle enfin ? Ou était-il trop tard ?

L'index pointé vers l'esquisse en noir et blanc que Colin lui tendait, Gilmore s'exclama :

— Mais… que diable me montrez-vous ?

— Il s'agit de Pineapple House, expliqua Colin. Cette demeure s'élevait sur ce qui est devenu votre propriété, un siècle et demi avant Edgewater. Je me propose de la redessiner et de la reconstruire pour vous.

Au moment où Colin prononçait ces mots, une évidence le frappa : s'il remportait le contrat, cela lui ôterait toute chance auprès de Grace.

Les dés étaient jetés ! songea-t-il en voyant Adrian se pencher avec un intérêt évident sur l'esquisse qu'il venait de lui soumettre.

Sous le regard curieux des autres architectes, Grace quitta en hâte la Grande Remise. Elle ne ralentit le pas qu'en atteignant son Audi, garée sur Bellevue Avenue, devant la monumentale grille d'entrée d'Edgewater. Elle devait cette place ombragée au fait de s'être présentée avec une heure d'avance à son « rendez-vous avec le destin ». Du moins est-ce ainsi qu'Allie avait, le matin même, qualifié son entretien avec Adrian Gilmore.

Allie ignorait à quel point elle avait vu juste, mais non en raison de l'importance de ce contrat potentiel. En fait, le destin avait pointé le bout de son nez sous l'apparence d'un souvenir vieux de dix ans. Un souvenir qui ne manquait jamais de lui remuer les sangs : Colin McGrath.

Grace fouilla dans son sac, à la recherche de sa clé de voiture. Elle n'avait qu'une idée : quitter les lieux avant la fin de l'entretien de Colin avec Gilmore. Cela lui laissait une quinzaine de minutes. Respirant à fond, elle lança un dernier regard aux ruines d'Edgewater. Au lieu d'une demeure séculaire détruite par les éléments, elle vit… des yeux chocolat pailletés d'or, des cheveux noirs soyeux, retenus en catogan par un lacet de cuir.

Mon Dieu ! se lamenta-t-elle. Que restait-il en cet instant de la jeune architecte visionnaire, puissante et sûre d'elle, qui venait de s'entretenir avec Adrian Gilmore ? La rencontre avec Colin McGrath l'avait anéantie. Il avait suffi d'un de ses sourires séducteurs, d'une invitation chuchotée, pour que tombe sa superbe de professionnelle, reconnue de tous. Ce n'était pas la première fois que la force de cet homme la réduisait en miettes, mais ce serait bien la dernière ! se jura-t-elle.

« Attends-moi, Gracie. »

Pourquoi ce surnom dont il l'affublait lui provoquait-il toujours des frissons dans le dos ? enragea-t-elle. Parce qu'il le prononçait d'une façon si irrévérencieuse, si joueuse, si… provocante ?

Grace expira avec lenteur et étudia l'avenue bordée de chênes, autrefois grouillante de femmes de la bonne société et du bruit des buggies.

Buggies ? Une voix résonna dans le cerveau de Grace.

« Je dois te dire quelque chose, à propos des Buggy Races. »

Son cœur s'accéléra. Que voulait-il lui dire, au juste ? Mille possibilités lui vinrent à l'esprit. Peut-être demander pardon ? Ridicule ! songea-t-elle aussitôt. Il avait fait ce que n'importe quel garçon de vingt ans au sang vif aurait fait, face à une jeune étudiante qui le suivait depuis sept mois et lui tombait soudain toute crue dans les bras.

Ou bien cherchait-il à s'insinuer dans ses bonnes grâces, ou celles de son père ? Non ; l'hypothèse ne tenait pas. Tout le monde connaissait le retentissant succès professionnel de Colin McGrath.

Alors quoi ? Essayait-il de… répéter l'histoire ? Peine perdue, dans ce cas ! Pourquoi ? souffla en elle une petite voix. Parce que… parce que…

Une sorte de paralysie mentale empêchait Grace d'aller au bout de sa pensée. Finalement, elle trancha : parce qu'elle ne s'intéressait pas à un trublion du style de Colin McGrath. Un point c'est tout.

Il était audacieux et destructeur ; en un mot, dangereux. Elle l'avait découvert à ses dépens, dix ans auparavant.

Malgré tout, une question lancinante l'intriguait : de quoi pouvait-il bien vouloir l'entretenir ?

Redressant les épaules, elle prit une décision. Au lieu de monter dans sa voiture, elle traversa la rue et contourna un orme vieux de deux cents ans. Elle ne voulait pas partir sans voir l'océan. Colin ne la repérerait pas, si elle passait quelques instants au bord de la falaise.

Forte de cette assurance, elle longea ce qui restait de l'aile nord de la « résidence d'été ». Cela faisait deux mois déjà que l'incendie avait ravagé les lieux mais une odeur de suie et de cendres se mêlait encore à la brise océane.

Devant elle, en contrebas de la balustrade en marbre s'étalaient les eaux glacées de la crique de Rhode Island Sound. Les coudes appuyés à la rambarde, elle se mit à réfléchir. Pourquoi n'était-elle pas montée dans sa voiture et n'avait-elle pas disparu avant la fin de l'entretien de Colin avec Gilmore ?

Hypnotisée par les vagues ourlées d'écume qui s'écrasaient sur le rivage, Grace soupira. Depuis des années, elle se cherchait désespérément une excuse. Cependant, se dit-elle une fois de plus, toutes les filles commettent des erreurs de jeunesse, n'est-ce pas ? Qui n'a pas pris une cuite une fois dans sa vie ? Alors, pourquoi faire toute une histoire de ce qui lui était arrivé ?

Mais parce qu'elle s'appelait Grace Harrington ! Une Harrington ne finit pas la nuit dans le lit d'un garçon, même si c'est le plus beau du campus. Et même pas si elle est amoureuse de lui depuis des mois… Inutile de chercher midi à quatorze heures. Cela ne se fait pas, tout simplement.

— Merci de m'avoir attendu.

Grace sursauta et se retourna. Longeant les décombres calcinés d'Edgewater, Colin s'avançait d'une démarche nonchalante sur l'herbe roussie. Satan lui-même ! songea-t-elle avec une ironie désespérée. Emergeant de l'enfer pour briser quelques cœurs et semer le trouble…

— J'espérais bien que tu resterais, ajouta-t-il d'une voix douce.

Puis il émit un petit rire et pencha la tête sur le côté. Sa boucle d'oreille capta les rayons du soleil. Qui aurait cru qu'un petit bijou en or pouvait être si… sexy ? se demanda Grace.

Elle s'appuya à la balustrade en marbre. Où résidait le plus grand danger ? Derrière elle, dans le déferlement des vagues tumultueuses, ou devant elle, sous la forme de ce démon tentateur ? Difficile de répondre.

17

— Ton entretien n'a pas duré longtemps, remarqua-t-elle.

Colin n'était plus très loin d'elle, maintenant.

— Je n'avais pas besoin de beaucoup de temps pour convaincre Gilmore.

Grace essaya de soutenir son regard, mais elle ne résista pas longtemps à la tentation d'évaluer son physique impressionnant. Un mètre quatre-vingt-dix à peu près, et une carrure d'athlète. Il portait une chemise blanche dont les manches courtes laissaient voir des bras puissants, aux muscles déliés, et un jean délavé qui moulait des hanches étroites. Un jean ! Pour venir à un entretien avec l'un des hommes les plus riches de la planète ! Il fallait l'audace de Colin McGrath pour cela !

— Tu n'es même pas resté cinq minutes ! insista-t-elle.

Colin haussa les épaules et fit encore un pas. Grace eut alors le loisir d'examiner son visage à la dérobée. Aussi attirant que son corps, reconnut-elle. Ses traits avaient mûri, leur beauté s'était accentuée. Lignes masculines, joues creuses, mâchoire carrée… une barbe d'un jour qui s'alliait à merveille à la décontraction de sa tenue. Des yeux chocolat au lait, bordés de cils d'une incroyable longueur.

Un sourire moqueur aux lèvres, il répliqua :

— Quelque chose me poussait à ne pas m'attarder dans le bureau de Gilmore… De toute façon, décrocher le contrat ne m'a pris que quelques minutes.

Les yeux de Grace s'étrécirent.

— Décrocher le… Tu mens !

L'accusation ne tenait pas, elle le savait. L'honnêteté de Colin McGrath était légendaire, partie intégrante de son caractère, tout comme sa façon de s'habiller.

— Adrian Gilmore a aimé mes idées, affirma-t-il avec un sourire.

Il laissa son regard glisser le long du visage de Grace. Puis plus bas. Son sourire s'effaça alors lentement.

18

— Tu es en beauté, dit-il d'une voix un peu rauque.

Grace frémit. Elle croisa les bras et appuya son dos à la rambarde comme pour s'y enfoncer ; ses jambes tremblaient sous elle.

— Gilmore t'a vraiment dit qu'il aimait tes idées ? demanda-t-elle.

Le milliardaire lui avait affirmé la même chose, au cours de leur entretien !

— Il n'a pas eu besoin de le faire.

Sacrée confiance en soi ! Confiance en soi et candeur, voilà ce qui caractérisait Colin McGrath depuis toujours, songea Grace.

— Il n'a encore vu que la moitié des architectes, lui rappela-t-elle.

— Je sais. Et la concurrence est féroce. Par exemple, je ne doute pas un instant que H et H jette tous ses moyens dans la bataille.

Détectait-elle dans sa voix une touche de jalousie ? Cela paraissait peu probable. En effet, on lui avait offert de travailler pour les plus grands cabinets, mais il avait refusé toutes les propositions. Dont celle d'Eugène Harrington lui-même.

— Nous ne bénéficions d'aucune recommandation particulière auprès de Gilmore, si c'est ce que tu insinues, rétorqua-t-elle.

Colin sourit et inclina la tête sur le côté.

— Non, Gracie, ce n'est pas du tout ce que j'insinuais…

Et pour cause ! Le petit monde de l'architecture avait les yeux rivés sur H et H, pour observer comment le vénérable cabinet se comportait dans cette affaire. Et à l'intérieur du cabinet, chacun guettait Grace, pour voir comment la fille du grand patron se débrouillerait pour décrocher le contrat.

Depuis quelques semaines, Edgewater faisait figure de saint graal de l'architecture. Grace briguait de toutes ses forces l'honneur de le reconstruire, ne serait-ce que pour prouver à ses collègues, et à son propre père, qu'elle n'était pas que la fille du boss mais un architecte de talent, qui entendait le faire savoir. Une fois pour toutes.

Elle serra les mâchoires et releva le menton.

— H et H possède une expérience, un talent, une équipe qu'aucun autre cabinet ne peut offrir. Nous n'avons pas besoin de tirer les ficelles ni de soudoyer qui que ce soit pour obtenir ce contrat !

Colin émit un petit rire goguenard et rabaissa d'un doigt le menton belliqueux de Grace.

— Garde tes arguments de vente pour Gilmore, dit-il. Je n'ai pas l'intention de reconstruire Edgewater.

Grace sursauta.

— Dans ce cas, que fais-tu ici ? Tous les architectes qui sont venus pour l'entretien veulent reconstruire la demeure.

Colin haussa les épaules et se tourna pour contempler les ruines.

— Grand bien leur fasse ! lâcha-t-il avec désinvolture.

Intriguée, Grace évita de s'attarder sur les poils noirs que révélait le col ouvert de la chemise de Colin.

— Mais… qu'as-tu proposé à Adrian Gilmore ? demanda-t-elle.

Les pouces accrochés aux passants de son jean, Colin posa sur elle un long regard intense.

— Je te le dirai au cours du déjeuner, répliqua-t-il.

— Je ne pense pas.

— H et H ne s'intéresse donc pas aux tenants et aux aboutissants de la concurrence ? Ne crois-tu pas que tu deviendrais le héros du cabinet de ton père si tu les lui révélais ?

Quel homme habile ! songea-t-elle. En plus, il sentait bon le savon, les bois, l'automne…

— C'est du chantage, McGrath.

Il secoua la tête.

— Non, ce n'est qu'une simple invitation à déjeuner. Pour le chantage, je m'y prendrais autrement.

Grace mit un point d'honneur à regarder, par-dessus l'épaule de Colin, la ligne élégante du toit de la Grande Remise et les arbres bicentenaires qui n'avaient pas brûlé.

— Merci, dit-elle enfin, mais je dois vraiment rentrer. Je veux me plonger tout de suite dans les plans de reconstruction. Malgré tes croyances déplacées, nous pouvons encore remporter le contrat. Les jeux ne sont pas faits.

Colin la transperça d'un regard aiguisé.

— La seule à avoir des croyances déplacées, c'est toi, affirma-t-il. Je veux te parler de quelque chose de personnel.

Puis, lui prenant la main, il ajouta d'un ton encourageant :

— Voyons, Gracie, il ne s'agit que d'un déjeuner. Rien de plus.

Que voulait-il donc lui révéler ? se demanda-t-elle. A quel point elle était bonne au lit ? Dieu la préserve d'une telle discussion !

Au fil des années, elle s'était juré trois choses : *primo*, jamais plus elle ne fréquenterait Colin McGrath. Ni de près ni de loin. *Secundo*, jamais plus elle ne boirait d'alcool. Et *tertio*, jamais plus elle ne se donnerait à un homme. A moins de l'aimer d'un amour profond. Et réciproque.

Elle avait tenu ses trois promesses, jusqu'à présent.

— D'accord, dit-elle presque malgré elle.

2.

Colin se félicita d'avoir laissé sa Harley chez lui. Pour venir de Pittsburgh à Newport, il avait opté pour sa petite voiture de sport allemande. Bien lui en avait pris ! Elle était tout de même plus pratique pour transporter une passagère ! Certes, il aurait aimé voir Grace retrousser sa jupe pour chevaucher sa moto mais, en ce jour décisif, mieux valait adopter un profil bas. Ne pas trop jouer avec la chance.

— Déjeunons sur le port, proposa-t-il. Je suis sûr que Chez Zelda te plaira. C'est un endroit très agréable.

Au moment où Grace s'installait sur le siège du petit bolide, sa jupe remonta suffisamment pour offrir à Colin une vue sur ses longues jambes fuselées. Quand elle leva les yeux et rencontra son regard, il perdit toute prudence et lui adressa un clin d'œil coquin.

Aussitôt, elle tira d'un geste sec sur l'ourlet de sa jupe et répliqua :

— Je connais ce restaurant. J'ai fini mes études à Providence et passé beaucoup de temps à Newport.

En garçon intelligent, Colin reçut le triple message : d'abord, elle connaissait les environs. Ensuite, elle sortait d'une école d'architecture prestigieuse et, enfin, elle n'appréciait pas qu'il louche sur ses jambes.

Sans commentaire, il prit place au volant et tendit son attaché-case à Grace.

— Désolé mais cette voiture est exiguë. Il n'y a pas de siège arrière.

Elle prit la sacoche et la plaça sur ses genoux, cachant ses jambes par la même occasion.

Après avoir démarré et quitté le parking, il suggéra :

— Tu veux voir mes croquis ?

Les yeux ronds, Grace se tourna vers lui.

— Tu partages tes idées avec la concurrence ?

Il haussa les épaules.

— Je ne suis pas en concurrence avec H et H. Ma vision d'Edgewater est différente de la vôtre.

Un instant, la tentation d'accepter titilla Grace. Elle y renonça toutefois et croisa les bras.

— Ça ne m'intéresse pas, lâcha-t-elle.

Colin s'engagea dans la circulation et prit la direction de la ville.

— Bien sûr que si, ça t'intéresse ! Et je ne m'inquiète pas du tout à l'idée que tu te précipites à Boston pour copier mon travail !

— Pour rien au monde je ne te volerais tes idées ! protesta-t-elle.

Colin lui adressa un regard aigu.

— Je sais. Tu as tes propres idées, je n'en doute pas.

— En effet.

— RISD est une école formidable. Certains de mes amis en sortent aussi.

Il connaissait suffisamment la prestigieuse Rhode Island School of Design pour faire usage du sigle « Rizdee » par lequel les initiés la désignaient.

— J'ai adoré y faire mes études, répliqua-t-elle. En plus, Providence est une ville épatante.

— Aussi bien que Pittsburgh ?

23

Le regard de Grace se durcit. Pourquoi ? se demanda Colin. A cause des souvenirs liés à cette université ?

— Carnegie Mellon est une excellente université. Tu dois beaucoup aimer cette ville pour y avoir situé ta vie professionnelle ?

Colin crut discerner une note d'accusation dans le ton de Grace. Comme chaque fois que la conversation tournait autour de ce qu'ils avaient fait... ou pas fait.

Il appartenait à une famille d'entrepreneurs en bâtiment qui avaient fait banqueroute dans la ville de l'acier. Grace, quant à elle, venait de l'une des vieilles familles de la Nouvelle-Angleterre, et descendait en ligne directe des Pères Pèlerins, débarqués du *Mayflower*.

Au détour d'un virage, ils découvrirent une vue de l'océan Atlantique à couper le souffle. Colin expliqua d'une voix neutre :

— J'ai une bonne clientèle à Pittsburgh, et de nombreux amis. Mon père y habite, et mes deux frères nous y rendent souvent visite.

— Où vivent tes frères ?

— Cameron est à New York ; il travaille à Wall Street. Quant à Quinn, il vient de quitter une agence immobilière florissante de Manhattan pour s'installer dans une petite île de Floride. Il est amoureux, figure-toi !

Il leva les yeux au ciel et ajouta :

— L'amour fait vraiment faire des choses idiotes !

— C'est ce qu'on dit, commenta Grace d'un ton sec.

De nouveau, Colin l'observa du coin de l'œil.

— Tu as de l'expérience dans ce domaine, Gracie ?

Après un bref silence, elle le gratifia d'un regard éloquent.

— Pour les choses idiotes, oui, rétorqua-t-elle. Pour l'amour, non.

La réplique fit mouche dans le cœur de Colin. Sans réfléchir, il ralentit, lâcha le volant d'une main et la posa sur celles de Grace. Comment lui faire comprendre la vérité ? Lui dire qu'elle n'avait

24

rien fait d'idiot, cette nuit-là ? Qu'elle avait tout bonnement sombré dans le sommeil ?

Un coup de Klaxon, derrière lui, le contraignit à reporter son attention sur la circulation.

Pas de panique ! Il lui expliquerait tout au cours du déjeuner, résolut-il.

Assise sur le siège du passager, à côté de Colin, Grace sentait son cerveau bruire d'avertissements de toute sorte : mettre fin sur-le-champ à cette conversation à double sens. Ne flirter avec Colin sous aucun prétexte. Fuir tout rapprochement.

Etant donné l'exiguïté de la voiture, leurs épaules se frôlaient à chaque virage un peu brusque. Chaque fois, un courant électrique la faisait frémir. Le bras de Colin était chaud et fort… émoustillant.

Décidée à résister, Grace se redressa sur son siège. Elle avait déjà commis une erreur grave avec cet homme. On ne l'y reprendrait pas !

Lorsque Colin s'arrêta en face du restaurant, elle fut tentée de bondir hors de la voiture et de s'enfuir. Au lieu de cela, elle attendit qu'il lui ouvre la portière. Son regard distrait effleura l'auvent vert affichant le nom de Zelda en grosses lettres roses déjantées. Elle avait eu dans cet endroit quelques rendez-vous galants mais, chaque fois, le plaisir de la table avait de loin dépassé celui de la compagnie masculine.

Cette fois, tout s'annonçait différent, songea-t-elle. Serait-elle capable d'avaler quoi que ce soit ? Elle en doutait. Colin McGrath s'était débrouillé pour lui chambouler l'estomac, et le reste du corps. Ce n'était d'ailleurs pas la première fois… Il lui avait déjà fait cet effet, dès leur rencontre initiale, à son arrivée en première année à Carnegie Mellon.

Elle l'avait tout de suite remarqué, à la bibliothèque d'architecture. Un étudiant de dernière année, grand et mince, dont elle avait vite appris qu'il était un bourreau des cœurs. Cependant, son vrai béguin pour lui avait commencé la première fois qu'il lui avait souri pour s'achever le matin où elle s'était réveillée dans un lit en désordre, vêtue d'un T-shirt d'homme trop grand pour elle.

Au souvenir du corps chaud et dur de Colin pressé contre son dos, l'enveloppant tout entière, sa respiration se fit difficile.

Aujourd'hui, le hasard la remettait en présence du même homme, mais *elle* était différente. Ne pas tirer les leçons du passé serait stupide.

Colin montra du doigt un toit penché à un angle étrange, chapeautant une haute maison de brique et de grès, et demanda :

— Tu sais pourquoi le toit est penché de cette façon ?

La réponse fusa :

— Pour récolter l'eau et la conduire jusqu'à une citerne alimentant une brasserie. Cela date d'une centaine d'années.

Amusé, Colin prit la main de Grace pour l'aider à traverser.

— Je m'incline ! dit-il en riant. Pas moyen de t'impressionner avec des détails d'architecture !

Au contact des doigts de Colin, Grace sentit des ondes de chaleur se propager le long de son bras. Son cœur palpita.

« Je suis ici pour affaires, se martela-t-elle en son for intérieur. Et Colin est mon concurrent. » Rien d'autre ne comptait.

Dès qu'il poussa la porte du restaurant, Grace lui lâcha la main. Une savoureuse odeur de nourriture envahit ses narines, la détournant à point nommé du parfum musqué de son compagnon.

Elle se mit soudain à tâter les poches de son tailleur. N'y sentant que son portable et ses clés de voiture, elle s'exclama à mi-voix :

— J'ai oublié mon portefeuille dans la voiture !

— A moins que tu ne veuilles me montrer des photos de tes enfants, tu n'as pas besoin de portefeuille ! Tu es mon invitée.

Puis Colin se pencha vers elle et, approchant ses lèvres de son oreille, lui chuchota :

— Pas d'enfants, n'est-ce pas, Gracie ?

Une hôtesse blonde s'avança vers eux. Avec un sourire aguicheur à l'adresse de Colin, elle s'enquit :

— Une table pour deux ?

Colin posa sa main au creux des reins de Grace, et ils se frayèrent un chemin entre les tables recouvertes de nappes blanches. Tout le long du trajet, elle concentra son attention sur les murs de la salle de restaurant, tapissés de photos d'équipages de l'America's Cup. En même temps, pour exorciser le danger, elle se répétait : « Je suis ici pour un déjeuner d'affaires. Un déjeuner d'affaires. Rien d'autre. »

Dans ce cas, pourquoi la main de Colin reposait-elle au creux de ses reins ? Pourquoi échangeaient-ils des informations personnelles ? Pourquoi tout prenait-il entre eux une tournure aussi… intime ?

Leur minuscule table se trouvait près d'une fenêtre. Dès qu'ils furent assis, Grace décida de se débarrasser le plus vite possible du côté personnel de l'entretien. Lorsque ce serait fait, ils n'auraient plus qu'à se concentrer sur le travail.

Sans préambule, elle répondit :

— Pas d'enfants, non.

La biographie de Colin sur son site Internet ne mentionnait pas d'enfants de son côté non plus, songea-t-elle. Cependant, elle se méfiait. Les professionnels ne donnent pas tous ce genre de détails sur leur site.

La gorge un peu serrée, elle le regarda droit dans les yeux et poursuivit :

— Et toi, tu en as ?

Il sourit à sa façon irrésistible.

— J'ai un cabinet vieux de six ans. Ça compte ? En tout cas, ça exige autant de temps et d'attention qu'un enfant.

Machinalement, Grace arrangea l'argenterie sur la table, alignant le couteau et la fourchette en un ordre impeccable.

— Ton cabinet s'appelle McGrath Inc., n'est-ce pas ?

Pourvu que Colin n'en déduise pas qu'elle suivait sa carrière sur le Net ou dans les journaux ! Ce qui était pourtant la triste vérité…, songea-t-elle avec dépit.

— Exactement, répliqua-t-il. C'est un petit cabinet, mais qui travaille beaucoup.

Appuyé avec nonchalance au rebord de la table, il semblait peu pressé de consulter le menu. La lumière de midi, qui filtrait à travers les persiennes de bois, soulignait le léger chaume de ses joues et creusait son visage d'ombres flatteuses.

Le regard de Grace se posa avec obstination sur son verre, qu'elle finit par déplacer de façon imperceptible.

— Tout va bien pour toi, donc ? demanda-t-elle.

Levant les yeux, elle rencontra son sourire.

— On peut le dire comme ça…

Bien entendu, elle avait lu des articles sur le travail avant-gardiste de Colin. Elle était au courant des récompenses qu'il obtenait pour ses structures non conventionnelles et éclectiques. Son opéra, dans l'Oregon, par exemple, avait eu les honneurs des pages culturelles de l'hebdomadaire *Newsweek*.

— Tu as la réputation de faire des choses… inhabituelles, commenta-t-elle.

— J'aime transgresser les règles.

Il rit doucement puis, posant ses mains sur celles de Grâce, il l'empêcha de remettre chaque chose en place.

— Tu es sur les nerfs ? Ou alors maniaque au dernier degré ?

Les deux ! eut-elle envie de rétorquer.

— J'aime l'ordre, se contenta-t-elle de répondre.

En même temps, elle cacha ses mains sous la table. Ensuite, le défiant du regard, elle lança :

— Tu as l'intention de transgresser les règles, en ce qui concerne Edgewater ?

— Je ne vais pas reconstruire Edgewater, Gracie. Je te l'ai déjà dit.

Cette affirmation ajouta à sa confusion mentale. Que manigançait-il ? Se pouvait-il que H et H n'obtienne pas le contrat, au bout du compte ? Au lieu de se perdre dans ses yeux et de céder à son sourire envoûtant, elle ferait mieux de regarder la réalité en face : Colin McGrath était son concurrent direct. Il briguait le marché qu'elle convoitait, un marché qui lui assurerait une réputation personnelle dans la profession et lui permettrait de se dégager du cocon dans lequel son père la tenait enfermée depuis des années.

— Dans ce cas, quel projet as-tu soumis à Gilmore ? demanda-t-elle sur un ton aussi anodin que possible.

Sans répondre, Colin s'empara d'un menu et en tendit un autre à Grace.

— Commandons d'abord. Je te le dirai ensuite.

Son visage prit une expression sérieuse lorsqu'il ajouta :

— Au dessert, j'aurai quelque chose d'autre à te dire.

Grace avala sa salive avec difficulté et se pencha en avant. Le moment était venu de mettre fin à cette torture, décida-t-elle. Avec autant de classe et de maîtrise de soi que possible.

— Ecoute-moi…, commença-t-elle.

Aussitôt, Colin se fit attentif.

— Chacun fait des erreurs dans la vie, et les paie à sa façon.

Elle sentit ses joues s'empourprer mais se contraignit à poursuivre :

— Serais-tu assez aimable pour éviter le sujet de… de notre brève rencontre à l'université ?

Comme Colin ouvrait la bouche pour répondre, Grace l'arrêta d'un geste de la main. Son cœur battait à tout rompre dans sa poitrine.

— Je ne cherche pas d'excuses à ma conduite, reprit-elle au prix d'un effort surhumain. Je suis tombée sous une mauvaise influence, l'espace d'une nuit. Point final. J'aimerais que nous n'en parlions plus.

Le regard de Colin s'était-il assombri ? Grace l'aurait juré mais elle n'en avait cure. Que voulait-il, au juste ? Qu'elle ressasse avec lui le thème déplaisant de sa virginité perdue ? Qu'elle avoue ne pas avoir le moindre souvenir de cet événement pourtant crucial ?

Après un bref silence, Colin répondit d'une voix posée :

— Accordé, l'espace de ce repas. Mais je ne promets rien pour l'avenir.

Grace ouvrit son menu et le consulta.

— Il n'y aura pas d'avenir, répliqua-t-elle avec assurance.

Brève rencontre ?

Mauvaise influence ?

Colin remâchait sa déception. Comment avait-il pu être assez naïf pour oublier la réalité ? En fait, Grace ne regrettait pas sa virginité perdue. Ce qu'elle regrettait, c'était de l'avoir perdue avec lui, un mauvais garçon d'une famille ordinaire de Pittsburgh.

Une fois leur commande passée, elle revint à la charge :

— Parle-moi de tes plans pour Edgewater.

Elle gardait les mains posées avec soin de chaque côté de son assiette. Immobiles. Le visage composé, elle souriait avec distinction.

Colin la contempla. Détendue, calme, en pleine possession de ses moyens. Maintenant qu'elle s'était débarrassée de la corvée délicate de le remettre à sa juste place, elle redevenait l'élégante et courtoise Grace Harrington.

Penché vers elle, Colin posa une main sur la sienne.

— Ne sois pas toujours si sûre de tout, lui dit-il.

Grace pâlit et retira sa main.

— De quoi parles-tu ?

— Il pourrait y avoir un avenir. Qui sait ? Peut-être travaille-rons-nous ensemble un jour ?

— J'en doute.

— Pourquoi ? H et H refuse de se salir les mains avec un petit cabinet de Pittsburgh ?

Les yeux de Grace s'étrécirent.

— Je n'ai pas dit ça. En fait, c'est toi qui as décliné une propo-sition de H et H, à la fin de tes études.

Comment savait-elle cela ? se demanda Colin. Qu'avait-il transpiré de son unique entretien avec Eugène Harrington ?

— Je n'ai jamais eu envie de travailler pour une grande boîte, expliqua-t-il. A part cela, je n'ai rien contre Hazelwood et Harrington. Ton père, et avant lui son père et son grand-père, je crois, ont tous des merveilles architecturales à leur actif.

— Ainsi que son arrière-grand-père, acheva Grace. Celui qui a construit Edgewater.

Colin but une gorgée de vin et réfléchit à sa réponse.

— Je sais que des liens affectifs vous lient à ce manoir. Mais… ne sois pas trop déçue si Adrian Gilmore opte pour une structure différente.

— Quoi, par exemple ?

— Pineapple House, répondit-il simplement.

— La vieille maison qui s'élevait sur la propriété avant Edgewater ?

Le fait que Grace connût l'existence de cette demeure réjouit Colin.

— En effet. Maison construite en 1743.

Déboussolée, elle demanda :

— Mais… quel est le rapport entre Pineapple House et Edgewater de nos jours ?

— J'ai proposé à Adrian de construire une réplique de Pineapple, sur le site d'Edgewater. En somme, de remonter le cours de l'histoire de plus de deux cents ans. De payer de la sorte un tribut aux capitaines qui ont peuplé et fait prospérer Newport. A ceux qui ont transformé une petite colonie de peuplement en une véritable ville, ces hommes qui ont rapporté l'ananas des Antilles, et ont fait de ce fruit un symbole de l'accueil chaleureux qu'ils réservaient aux nouveaux venus.

— Je connais l'histoire du Rhode Island et le symbolisme de l'ananas. Mais enfin ! Pineapple House a été détruit pour ériger Edgewater à sa place. Il n'existe pas d'archives fiables attestant de la structure originale de cette demeure.

A ces mots, Colin se pencha en avant et déclara sur un ton de conspirateur :

— J'ai des documents vieux de deux cent cinquante ans, très précis à ce sujet.

Les yeux de Grace s'arrondirent.

— Quoi ? Comment... Où ?

Colin se redressa. Il y avait des limites à ce qu'il était prêt à partager. Pour l'heure, mieux valait s'en tenir là : si Grace apprenait la raison pour laquelle Pineapple House revêtait tant d'importance à ses yeux, il perdrait l'avantage dont il jouissait.

— Je ne peux révéler mes sources, dit-il.

Grace l'observa d'un air sceptique.

— Tu as des dessins ? s'enquit-elle.

— Oui. Très précis.

Pendant quelques secondes, elle se tourna vers la fenêtre et se perdit dans ses pensées. Puis elle revint à la charge.

— Une maison de bois de deux étages, quel que soit son charme, ne conviendra jamais aux rêves de grandeur de Gilmore.

— D'accord sur un point : Pineapple House n'est pas une maison opulente, mais elle a le mérite d'être la plus ancienne. Elle se dressait déjà à cet endroit cent ans avant qu'un banquier new-yorkais nommé Andrew Smith ne la rase. Pour ériger à sa place un monument à la gloire de sa voracité de nouveau riche.

— Andrew Smith a été le premier client de H et H, rétorqua Grace. Mon arrière-grand-père a fondé une dynastie d'architectes, à partir des gains engrangés avec Edgewater. Ce manoir est peut-être un monument de vanité, mais c'est aussi la fondation sur laquelle s'est construite la réussite de ma famille.

Pour H et H, c'était un argument de taille, songea Colin. Toutefois, aux yeux de Gilmore, que pouvait valoir cette raison ? Des clopinettes, à coup sûr !

— Pineapple House symbolise la véritable histoire de Newport, et…

— Au même titre qu'Edgewater ! contra Grace.

— Edgewater représente une époque où l'argent coulait à flots, Gracie. Epoque écœurante, où des monstruosités en marbre et en or sortaient de terre, dans le seul but d'épater la galerie au cours d'une fête annuelle.

Les yeux étrécis, Grace étudia Colin quelques instants.

— Pourquoi te passionnes-tu à ce point ? demanda-t-elle. Pourquoi t'intéresses-tu à l'histoire de Newport ?

Colin se reprocha son ardeur. Jamais il ne parviendrait à parler de ce projet de façon impersonnelle ! Il lui tenait bien trop à cœur pour cela.

Il donna toutefois une réponse volontairement vague :

— Je me passionne pour tout… aussi bien pour le patrimoine que pour l'histoire.

— Dans ce cas, tu comprendras que le patrimoine de ma famille soit lié à Edgewater.

Colin acquiesça d'un hochement de tête.

— Pour moi, il est crucial d'intégrer patrimoine et histoire dans toutes les structures que je crée. Newport existe depuis 1600 à peu près. Il reste encore beaucoup de demeures datant du XIXᵉ siècle sur Bellevue Avenue. En conséquence, j'aimerais qu'Adrian Gilmore… transgresse les règles, et revienne aux origines presque oubliées de cette ville.

— L'idée est intéressante, je te l'accorde. Mais ne te fais pas d'illusions au sujet de Gilmore. Il meurt d'envie de se faire admettre dans la haute société de Rhode Island. Et Edgewater en est l'emblème.

— Pour l'ambition d'Adrian, je suis d'accord avec toi. Seulement, Edgewater ne constitue pas un billet d'entrée d'office dans la bonne société. Là réside ton erreur.

— Et moi, je pense le contraire !

A cet instant, un portable sonna. Grace porta la main à la poche de son tailleur.

— Non, c'est le mien, dit Colin. Appelant inconnu…

Grace montra son propre portable avec un petit rire d'excuse :

— Le mien vibre. Tu permets que je réponde ?

— Vas-y !

Dès que Colin prit l'appel, il reconnut l'accent londonien de Gilmore.

— J'aime beaucoup votre idée, déclara celui-ci sans ambages.

Le front soudain plissé, Grace se tourna sur le côté.

Pauvre petite ! songea Colin. Elle avait raté le contrat. Pineapple House raflait la mise !

— Heureux de l'apprendre, dit-il. Quand commençons-nous ?

— Pas si vite, McGrath ! Je pense qu'il faut encore peaufiner vos plans.

L'oreille tendue pour intercepter ce que Grace murmurait au téléphone, Colin tarda à réagir.

— Comment pourrions-nous faire pareille chose ? demandait-elle à son interlocuteur.

— Comment voyez-vous les choses ? s'enquit Colin de son côté.

— Trois semaines à Newport, McGrath. A mes frais. Prenez ça comme des vacances.

— Des vacances ? répéta Colin.

— Des vacances ?

En entendant Grace répéter ses mots en écho, Colin leva la tête vers elle.

— Je souhaite que vous creusiez l'histoire de ma propriété, expliqua Gilmore. En fait, je vous invite à vous installer dans la Grande Remise sur-le-champ. Pour y vivre trois semaines. Je pense que cela vous suffira pour vous imprégner de l'atmosphère et de l'histoire des lieux.

Tout en écoutant son interlocuteur, Grace rectifia l'alignement de ses couverts.

— Trois semaines ? demanda-t-elle.

La curiosité démangeait Colin. A qui Grace parlait-elle ?

— Trois semaines ? répéta-t-il au téléphone. Et ensuite, j'aurai le contrat ?

Adrian Gilmore émit un petit rire.

— Pas exactement. J'ai sélectionné deux projets. Brillants tous les deux, mais diamétralement opposés. Je demande aux deux auteurs des concepts de passer trois semaines à Edgewater, avant de me soumettre leur projet final.

Grace hocha la tête et dit quelque chose que Colin n'entendit pas, mais une sorte d'excitation s'insinua en lui. Le fourmillement familier accompagnant la chance…

— Vous prendrez donc votre décision dans six semaines ? s'enquit-il.

— Dans trois semaines. Les deux concepteurs séjourneront ensemble à la Grande Remise.

Gilmore pensait-il vraiment ce qu'il disait ? Colin n'en croyait pas ses oreilles.

— Ensemble ? s'exclama-t-il.

Sans cacher son agacement, Gilmore aboya :

— C'est ce que j'ai dit ! Vous aurez du personnel. Vos repas seront fournis, et la Grande Remise équipée d'ordinateurs et de planches à dessins. Vous aurez tout le loisir de travailler et de vous imprégner de l'atmosphère des lieux, je le répète.

Trois semaines ! Avec Gracie ! Seuls ! La tête de Colin lui tournait.

De l'autre côté de la table, Grace remua sur sa chaise.

— Cela me tiendra éloignée de mon bureau bien longtemps, objecta-t-elle. Et vous dites qu'un autre cabinet d'architecte travaillera sur les lieux en même temps que moi ?

A cet instant précis, elle leva les yeux vers Colin. Sur son visage, l'incrédulité se mua en horreur. Trois semaines ! Avec McGrath ! Seuls !

Le contentement de Colin était sans limites.

— Comptez sur moi, Gilmore ! dit-il dans le combiné.

Puis, les yeux rivés au regard émeraude de Grace, il ajouta :

— Vous savez que je ferai tout ce qu'il faut pour obtenir ce contrat.

Grace pâlit mais soutint le regard de Colin.

— Bien sûr, Diane, répondit-elle au téléphone. Je ferai tout ce qui sera nécessaire.

Tous deux raccrochèrent en même temps.

Colin se pencha vers Grace et s'amusa à déranger l'alignement impeccable de ses couverts.

— Eh bien, qu'en penses-tu, Gracie ? Il existe bel et bien pour nous un avenir, n'est-ce pas ?

Le serveur s'approcha, deux assiettes à la main.

— Coquilles Saint-Jacques de la baie de Narragansett ? proposa-t-il.

Grace n'entendait rien. Ne voyait rien. Elle glissa son portable dans la poche de son tailleur.

Trois semaines ? Dans la Grande Remise ? Avec lui ? se répétait-elle.

— Pour mademoiselle, répondit Colin à sa place.

Alors que le serveur déposait une assiette devant Colin, Grace sentit vaguement un parfum de poivron et de gorgonzola. Trois semaines ? Il devait exister un moyen d'éviter cela. Mais comment ? L'arrangement proposé par la secrétaire ne semblait pas négociable. Ça, au moins, c'était clair. Mais pourquoi un tel arrangement ? Mystère !

L'œil vif, le geste alerte, Colin lui adressa un sourire chargé d'une pointe de victoire.

— Bon appétit, dit-il avec entrain.

Grace se sentait nauséuse. Elle prit sa fourchette puis la laissa retomber à côté de son assiette.

— Il faut que nous en parlions, lâcha-t-elle.

— Parler de quoi ? demanda-t-il en entamant son plat. Adrian m'a donné l'impression d'être très décidé.

— Adrian ? dit-elle en écho.

— Oui. C'était lui, au téléphone. Toi, qui t'appelait ?

Pas Adrian, en tout cas ! songea-t-il. Mauvais signe pour H et H.

— Diane, son assistante, reconnut Grace.

Généreux, Colin suggéra :

— Il voulait sans doute nous notifier sa décision simultanément. C'est pourquoi il a fait appel à Diane.

Hélas ! il existait une autre explication, se désola Grace en son for intérieur. Gilmore préférait peut-être les idées iconoclastes de Colin, et avait l'intention de lui confier la reconstruction de Pineapple House. Dans ce cas, ce délai pourrait n'avoir pour seul but que de ne pas humilier H et H…

— Sans doute, répondit-elle d'une voix faible.

Elle attrapa une noix de Saint-Jacques avec sa fourchette, mais ne parvint pas à la porter à sa bouche. Son estomac se nouait.

Elle faisait des efforts surhumains pour cacher à quel point cette cohabitation forcée l'effrayait. Si elle laissait transparaître quoi que ce soit, Colin en tirerait avantage. Cela, elle ne le voulait sous aucun prétexte.

— Mange, Gracie ! La nourriture est délicieuse.

Les yeux pétillant de malice, il ajouta en tendant sa fourchette :

— Tu veux goûter de mon plat ?

A la simple idée de mettre sa bouche là où il avait mis la sienne, elle eut un haut-le-cœur.

— Non, merci…

La mort dans l'âme, elle glissa sa noix de Saint-Jacques dans sa bouche et se mit en devoir de mâcher. En face d'elle, Colin mangeait avec un appétit évident, une sorte de passion raffinée.

Cachant à peine son envie de rire, il demanda :

— Tu ne t'inquiètes pas à l'idée de vivre trois semaines avec moi dans une certaine… promiscuité, au moins ?

— Bien sûr que non, mentit Grace. De plus, les dépendances d'Edgewater ne sont pas exiguës ! Je m'installerai au premier étage.

Les sourcils de Colin s'arquèrent.

— La salle de séjour et la cuisine sont au rez-de-chaussée, si je me souviens bien. Il faudra bien que tu manges et que tu… vives.

— Je me débrouillerai.

— Et moi… il faudra bien que je dorme ! poursuivit-il.

La bouchée qu'elle mâchait laborieusement se coinça dans la gorge de Grace. Elle toussa dans sa serviette.

— Ça va ? s'inquiéta Colin.

Elle but une longue gorgée d'eau et répliqua d'une voix étouffée :

— Oui.

Les yeux posés sur l'assiette à peine entamée de Grace, Colin haussa les sourcils.

— Je me méfie toujours des gens qui n'aiment pas manger.

Sur la défensive, elle protesta :

— J'aime bien manger. Mais généralement, je fais les choses de façon réfléchie, c'est tout !

— Je sais. Je me souviens de toi à la fac.

Elle le scruta et reçut en retour le plus innocent des regards.

— Tu te souviens que je fréquentais Carnegie Mellon, quand tu y es arrivée ? se moqua-t-il gentiment. J'ai passé mon master l'année où tu as commencé tes études.

Que croyait-il ? songea Grace avec amertume. Qu'à l'époque, elle ne remarquait pas sa présence quotidienne dans le département d'architecture ? Qu'elle ne l'apercevait pas sur le campus ? Dans les couloirs ? Ce n'est pas parce qu'il l'ignorait, et qu'elle s'efforçait de lui rendre la pareille, qu'elle n'était pas consciente de son existence !

— Je ne m'en souviens que trop bien, rétorqua-t-elle d'un ton pincé.

Le visage de Colin devint grave.

— Gracie…, commença-t-il.

Pour couper court, elle tendit la main et prit une frite dans l'assiette de Colin.

— Tu permets ? demanda-t-elle pour la forme.

— Prends tout ce que tu voudras… Pour revenir à nos moutons, je veux te dire que…

— Ces frites sont délicieuses.

Cette fois-ci, il jeta l'éponge en riant :

— D'accord ! Tu gagnes ! Je ne me souviens de rien. Mes années à Carnegie Mellon ne sont que brouillard dans ma mémoire. Parlons plutôt de l'avenir.

L'avenir ? C'était encore pire ! Les épaules de Grace s'affaissèrent.

— Les trois prochaines semaines ? demanda-t-elle.

— C'est ça. Allons-nous les passer à éviter les sujets délicats ?

Sous le regard perçant de Colin, elle ne baissa pas les yeux. Après s'être tamponné posément les lèvres avec sa serviette, elle déclara :

— Oui. Voici les règles de base de notre cohabitation : nous ne parlerons ni de notre travail, ni de nos idées, ni de nos cabinets d'architectes. Encore moins de notre passé, de notre avenir et de notre présent.

— La maison va être très calme…

— Ce sera favorable à un travail sérieux.

— J'aime écouter du rock à plein volume, annonça-t-il.

— Eh bien, moi, j'aime la musique classique en sourdine.

— Je me lève tard le matin.

— Je fais mon jogging à l'aube.

— J'aime la cuisine épicée.

— Et moi, je n'aime que la nourriture simple et saine, déclara Grace d'un ton catégorique.

Colin sourit de toutes ses dents.

— Tu sais quoi, Gracie ? Tu n'es pas une femme marrante du tout !

— Merci, rétorqua-t-elle vertement.

Souriant toujours, Colin porta une frite à ses lèvres et précisa :

— Mais tu es devenue une sacrée femme.

Une chaleur intense se diffusa dans les veines de Grace.

— Merci encore, dit-elle d'une voix radoucie.

Penché vers elle, il murmura :

— J'attends ces trois semaines avec impatience.

— Et moi, j'attends avec impatience le contrat pour reconstruire Edgewater.

Sans se démonter, Colin suggéra :

— Je pourrais peut-être t'apprendre des choses…

Grace esquissa un sourire sceptique.

— Quoi, par exemple ?

— Par exemple… à écouter la musique à plein régime. A aimer traîner au lit le matin. A apprécier la cuisine épicée…

Il se mit à rire doucement, et ajouta :

— Et aussi à briser certaines… règles de base.

3.

Allie montra du doigt le lit de Grace.

— Jamais je n'ai vu un tel désordre dans cette chambre ! Qu'est-ce que c'est que cette montagne de vêtements ?

Grace se retourna. Rencontrant le regard stupéfait de sa colocataire, elle implora :

— Aide-moi, je t'en prie ! Gilmore nous donne vingt-quatre heures pour revenir nous installer à Newport. Je ne sais quels vêtements emporter. Des tenues pour des vacances ? Pour travailler ? Ces trois semaines sont-elles une forme de concours, ou bien…

— Ou bien ton fantasme le plus cher devenu réalité ? acheva Allie.

Tout en parlant, elle prit parmi les vêtements une robe noire moulante et l'agita sous le nez de son amie pour appuyer ses dires.

Grace s'en empara et la jeta sur la pile des habits à ne pas emporter.

— Comment as-tu réussi à me convaincre d'acheter une robe aussi indécente ? s'indigna-t-elle. Mon seul fantasme, figure-toi, c'est d'obtenir ce job à l'arrachée.

— Et dans la foulée, tu décrocherais bien un petit bonus : Colin McGrath !

— Allison Powers, tu es une mauvaise fille !

— C'est quand même toi qui m'as fait visiter le site Internet de Colin, hier soir ! Je te le répète : du pire peut résulter le meilleur. C'est le moment de tenter ta chance.

En secouant la tête, Grace rectifia :

— Ce qui est mauvais ne peut rien donner de bon. En plus, je n'ai pas du tout envie de tomber dans les bras de Colin McGrath. Souviens-toi, je l'ai déjà fait. Depuis, je m'en mords les doigts.

En revanche, elle ne regrettait pas de s'être confiée à Allison, la veille, à son retour de Newport. Elle avait eu besoin de parler à quelqu'un. Allison l'avait comprise, d'autant mieux qu'elle sortait elle-même d'une cuisante désillusion amoureuse.

Repoussant quelques vêtements, Allie s'allongea sur le lit de son amie.

— Je connais tes résolutions, et je les respecte. Moi aussi, en ce moment, je penche pour le célibat. Mais tu as vingt-huit ans, que diable ! La sexualité, tu n'as pas envie de découvrir ce que c'est ?

— Je la découvrirai avec l'homme idéal. Celui qui me donnera le sentiment d'être élue, aimée. Unique. A ce moment-là, je... je...

— Tu mettras le grappin dessus.

Grace sourit, puis elle s'appuya contre sa penderie et regarda Allie.

— Le grappin ! Quel mot horrible !

Levant les yeux au ciel, Allie prévint son amie :

— Ne rêve pas de petits cœurs, de fleurs et autres violons. Rien à voir avec la réalité ! A propos, que dit ton père de ton installation dans la Grande Remise avec McGrath ?

Grace secoua la tête d'un air dégoûté et soupira :

— Pourquoi est-ce que je te supporte ?

— Parce que j'ai les pieds sur terre et que je te dis la vérité.

Comment le nier ? songea Grace. Allie connaissait ses problèmes avec son père, Eugène Harrigton. M. Glaçon, comme elle l'appelait.

— J'ai parlé avec papa, ce matin. Au début, il hésitait, puis il a parlé à Adrian et...

— Quoi ? Il a téléphoné au client ?

L'intervention de son père auprès de Gilmore humiliait encore Grace.

— Oui, reconnut-elle à contrecœur.

Allie se lova sur le lit.

— Il te traite comme un bébé...

— C'est pourquoi je dois décrocher ce contrat. Pour gagner mon indépendance.

Tout en parlant, elle prit un audacieux pull rose que son amie lui avait offert pour ses vingt-huit ans. Elle l'examina d'un œil critique, puis le laissa tomber sur le tas des vêtements non retenus. Trop court. Trop serré.

— Je ne supporte plus d'être coincée sous son aile, poursuivit-elle. Il est temps que je prenne mon envol.

Allie reprit le pull rose et le jeta dans la valise de Grace.

— C'est avec ce type de vêtement que tu prendras ton essor, commenta-t-elle.

Grace lui lança un regard furibond, mais laissa le pull dans la valise.

— Je ne veux surtout pas gâcher mes chances pour Edgewater en me... en ayant une relation avec... la partie adverse.

— Que tu le veuilles ou non, cet homme te fait un sacré effet !

De nouveau, son amie voyait juste. Cependant, comme pour se convaincre elle-même, Grace affirma à haute voix :

— Tu te fais des idées.

Goguenarde, Allie riposta :

— C'est ça ! Dans ce cas, pourquoi le site Internet de Colin McGrath fait-il partie de tes « favoris », sur ton ordinateur ?

Puis elle lui conseilla :

— Et emmène ce fourreau rouge ! Il te va à merveille.

— Je me moque de mon apparence, objecta Grace tout en déposant la robe dans sa valise.

Allie éclata de rire.

— A mon avis, si tu ne partais pas partager la vie de Colin McGrath, ta valise serait déjà bouclée, tes vêtements assortis et rangés avec soin.

Malgré la justesse de la remarque, Grace protesta :

— La Grande Remise comporte au moins cinq chambres. Je ne vais pas partager la vie de Colin !

— Tu sais très bien que j'ai raison…

— Ecoute, Colin a été ma première grave erreur. Je suis toute prête à reconnaître qu'il est très… attirant. Mais ça ne change rien à ma conception de l'amour et du sexe, et au lien entre les deux. Jamais je ne pourrais aimer Colin McGrath.

— Pourquoi pas ?

Soudain, Grace avait des papillons dans l'estomac.

— Parce qu'il est… il est…

— Tu as peur de lui, avoue.

Grace ravala un démenti inutile.

— Colin pourrait bien être cet homme que tu attends, renchérit Allie.

Pour toute réponse, Grace secoua la tête.

— Jamais aucun homme ne t'a fait perdre le contrôle de toi-même à ce point, insista son amie.

Puis, se redressant sur le lit, elle asséna son argument massue :

— Tu sais quel est ton problème ? Tu as peur de lui. Parce qu'il sait montrer ses sentiments et peut t'amener à exprimer les tiens. Jamais tu n'as laissé un homme t'approcher, sans doute à cause de ton vieux croûton de père. Et tu ne sais comment te comporter en face d'un type qui te plaît. Voilà !

— Peut-être... Mais Colin n'est pas fait pour moi. Il est trop... trop rebelle, irrévérencieux. Trop peu... orthodoxe.

Allie se mit à ronronner comme une chatte et dit d'un air rêveur :

— Une perle rare, en somme...

— N'oublie tout de même pas qu'il a osé profiter d'une jeune fille qui avait avalé au moins six verres de vodka.

— Tu m'as toujours dit que votre attirance était mutuelle.

Au souvenir de la soirée des Buggy Races, Grace émit un rire sec. Comment oublier sa conduite impardonnable ? Elle s'était jetée au cou de Colin d'entrée, ce soir-là. Un peu plus tard, elle l'avait embrassé la première. Jusqu'à ce qu'ils roulent au sol pour un corps à corps de quelques minutes. De cela, elle ne se souvenait que trop bien. Ensuite, ils avaient grimpé l'escalier en titubant. Les mains de Colin lui parcouraient fébrilement le dos. De cela aussi, elle se souvenait. Puis ils étaient entrés dans une chambre et, à partir de ce moment-là, elle ne se souvenait de rien. Rien du tout.

— D'accord, concéda-t-elle. Mais j'avais beaucoup trop bu, pour la première fois de ma vie. Toutes mes inhibitions étaient tombées. En plus, j'étais très amoureuse de lui. Il aurait dû se conduire en gentleman, et me raccompagner chez moi, au lieu de me faire monter dans sa chambre !

— Il pensait peut-être que tu n'étais pas en état de rentrer chez toi ? Peut-être voulait-il éviter que la moitié du campus ne te voie éméchée ? Il te protégeait, en quelque sorte.

— En me faisant l'amour ? Tu plaisantes !

Les yeux d'Allie s'étrécirent.

— Es-tu certaine d'avoir perdu ta virginité cette nuit-là ? demanda-t-elle.

Grace laissa échapper un ricanement.

— Je me suis réveillée nue sous un de ses T-shirts ! Quelqu'un m'avait déshabillée, si tu vois ce que je veux dire. Et nos deux corps étaient… emmêlés.

Au souvenir du corps de Colin plaqué contre le sien, elle rougit.

— Comment a-t-il réagi, à ton réveil ?

— Il était… bizarre.

— Bizarre ?

— Eh bien… il ne s'est pas vanté de sa conquête. Au contraire, il a prétendu que rien ne s'était passé.

Une lueur d'intérêt passa dans le regard d'Allie.

— Il a dit ça ? Pourquoi aurait-il menti ?

De fait, parmi ses amis de l'université, Colin avait la réputation de ne jamais mentir, reconnut Grace *in petto*. Mais cette fois-là, il avait forcément menti. Dans quel but ? Difficile à dire…

— Sans doute pour éviter ma colère, suggéra-t-elle. Je n'étais pas son style, de toute façon. Il aimait les filles audacieuses et libres, comme lui. A l'expression de son visage, je voyais qu'il était désolé de ce qui s'était passé entre nous. Je me suis sauvée aussi vite que j'ai pu.

— Y a-t-il eu du sang ? s'enquit Allie avec le même scepticisme.

Grace gratifia son amie d'un regard dégoûté.

— Je n'ai pas inspecté les draps, figure-toi ! Mais le lit était dans un désordre effarant.

— Tu as eu mal, après ?

— Ecoute, Allie, tu es lourde, parfois ! Le lendemain, j'avais mal partout. A cause de ma cuite.

— Et… dans son plus simple appareil… comment le trouves-tu ? demanda Allie d'un air coquin.

Grace plia un joli chemisier blanc et le plaça dans la valise.

— Il est beau, évidemment. Mais je ne veux pas en parler. Il est mon ennemi, mon concurrent. Un démon à queue-de-cheval et boucle d'oreille.

Sans un mot, Allie se leva, prit la robe noire sexy et la posa dans la valise de Grace en disant :

— Au cas où tu devrais affronter le démon, autant le faire avec de bonnes armes…

— Bonne idée, marmonna Grace.

Après le départ de son amie, elle se dirigea vers sa commode, ouvrit le premier tiroir et en sortit un dernier accessoire. Un de ses préférés…

Sans se donner l'occasion de changer d'avis, elle l'enfouit entre le pull rose et la robe noire.

A la vue de l'Audi de Grace garée devant la Grande Remise, les tripes de Colin se serrèrent. La faim et le désir d'elle qui le tenaillaient depuis le déjeuner de la veille redoublèrent. Il avait pourtant tout fait pour l'oublier : une demi-heure de natation dans les eaux glacées de l'océan, suivie d'un long jogging sur la corniche. En vain.

Quoi qu'il en soit, pour les semaines à venir, sa décision était prise. Le temps où il était un étudiant pauvre bénéficiant d'une bourse était révolu. Il avait fait son trou dans le monde professionnel et n'avait pas réussi en se roulant les pouces, en laissant les choses arriver d'elles-mêmes.

Bien entendu, comme le lui répétait souvent Gram, il avait eu de la chance. Cela dit, la chance, il faut savoir la provoquer. La saisir au vol. La cultiver. Alors, pas question de laisser filer entre ses doigts l'occasion unique de renouer avec la femme qu'il n'avait jamais oubliée. Cette fois-ci, il assouvirait ses fantasmes ! Il ferait l'amour à Grace Harrington. Et elle aimerait ça.

48

Après son jogging, il avait quitté son hôtel, fait les emplettes nécessaires à trois semaines loin de chez lui, et se présentait à la Grande Remise à 16 h 55.

Depuis combien de temps Grace était-elle là ? Son bagage à la main, il monta les marches de la véranda et s'arrêta. Il lança autour de lui un regard circulaire, en envisageant chaque chose sous un angle nouveau. La balancelle sous le porche lui parut idéale pour s'y balancer, emmitouflé sous une couverture en compagnie de Gracie. Et ces deux chaises longues sur la pelouse ! Existait-il meilleur endroit pour se dorer à deux au soleil hivernal ? Quant à ce fauteuil géant, il s'y voyait très bien, la femme de ses rêves lovée sur ses genoux...

— Tu es en retard. Adrian avait dit 16 heures.

Vêtue d'un jean et d'un pull ivoire, les cheveux retenus en arrière par un catogan, un air de défi dans le regard, Grace se tenait sur le pas de la porte. Colin lutta contre la tentation de lui caresser la joue.

Combien de temps résisterait-il à ses pulsions ? se demanda-t-il en silence. Voyons, il était 17 heures. Tenir jusqu'à 21 heures serait déjà un exploit !

— Je ne savais pas que nous devions pointer, ironisa-t-il.

Grace croisa les bras et désigna du menton l'intérieur de la maison.

— Qui sait quel rapport la domesticité fera à notre employeur, dit-elle.

— Quelle domesticité ?

Sans cacher sa satisfaction, Grace expliqua :

— Leonard Billingsly, notre maître d'hôtel. Il m'a servi un excellent thé, que tu as raté parce qu'on le boit à 16 heures précises.

Une intense déception envahit Colin. Un maître d'hôtel ? Qui vivait dans la maison ? Cela dérangeait ses fantasmes.

A ce moment-là, un homme entre deux âges apparut dans le hall et tendit la main à Colin en disant :

— Monsieur McGrath, sans doute ? Appelez-moi Leonard. Je suis le valet personnel de M. Gilmore. Comme il est en voyage pour un mois, il a pensé que je vous serais plus utile à tous les deux.

Sur ce, il se tourna vers Grace et lui sourit, ses beaux yeux bleus pétillant d'humour. Elle lui rendit son sourire, ce qui consterna Colin. Voilà que le maître d'hôtel et lui se retrouvaient rivaux dans l'art d'obtenir l'attention de miss Harrington !

— Donnez-moi vos bagages, proposa Leonard.

Colin se raidit. Faire porter ses valises par un homme plus âgé que lui ? Jamais de la vie ! Même si cet homme était maître d'hôtel !

— Merci, dit-il. Montrez-moi simplement où se trouve ma chambre.

« Et dites-moi qu'elle se trouve près de celle de Gracie, et à des lieues de la vôtre », ajouta-t-il en son for intérieur.

Avec un accent britannique beaucoup plus sélect que celui de Gilmore, Leonard répliqua :

— Certainement, monsieur. Si vous voulez bien me suivre.

Puis il se tourna vers Grace et s'enquit :

— Avez-vous pris plaisir à votre thé ?

Elle lui sourit.

— Beaucoup. Vous aviez tout à fait raison, à propos de la touche de noix de muscade dans les scones : elle se marie parfaitement au thé à la menthe.

Colin piaffait d'impatience. Grace Harrington, l'image même du raffinement… Pas étonnant qu'elle soit à son aise avec un maître d'hôtel. Quant au vieux Billingsly, il était déjà tombé amoureux d'elle !

Colin se racla la gorge et fit un pas en direction de la porte.

— Je vous laisse échanger vos recettes, railla-t-il.

Ignorant la remarque, Leonard se dirigea vers l'escalier.

— Je vous ai préparé la suite à l'ouest du bâtiment, annonça-t-il. Miss Harrington m'a fait savoir qu'elle appréciait la lumière du matin, pour se réveiller tôt. Tandis que, d'après elle, vous préférez dormir tard.

Colin décocha à Grace un regard acéré. Elle y répondit par un haussement d'épaules innocent. Après quoi, il emboîta le pas à Leonard. Vêtu d'une chemise blanche boutonnée jusqu'au col et d'un pantalon noir au pli impeccable, il avait la prestance d'un serviteur bien formé. La simple idée d'avoir un valet à son service donnait des boutons à Colin.

— Vous serez très bien ici, commenta Leonard en ouvrant une porte.

Comme toutes les pièces de la Grande Remise, celle-ci était trop grande, trop emphatique au goût de Colin. La suite incluait un coin salon et une grande salle de bains. Une série de fenêtres en arc donnait sur l'océan.

— C'est parfait, merci, déclara-t-il en jetant ses bagages sur le lit.

— Voulez-vous voir l'atelier de travail, tant que nous y sommes ?

La proposition de Leonard ramena Colin à la réalité : il était ici pour travailler.

— Avec plaisir, répondit-il.

Il suivit le maître d'hôtel jusqu'à un escalier au bout du corridor, qui montait vers un loft immense : la surface de tout le deuxième étage.

— M. Gilmore l'a fait construire l'an dernier, quand il résidait à Edgewater. Il aime y peindre lorsque la lumière entre à flots.

Gilmore, une palette à la main ? Colin avait du mal à l'imaginer. En tout cas, l'atelier était superbe. De grandes fenêtres sur trois murs, qui laissaient entrer le soleil déclinant. Un plancher de bois précieux luisant d'encaustique. Un plafond haut et élégant. Colin se sentait prêt à passer des heures dans ce lieu magique. Surtout en compagnie de Gracie !

Au bout de l'atelier, occupant deux coins opposés, se dressaient deux tables à dessin et deux ordinateurs. De toute évidence, quelqu'un avait apporté un grand soin à cette installation, spécialement conçue pour des architectes. Comment cela avait-il été possible en si peu de temps ? La question intrigua Colin.

Tout en arpentant la pièce à pas lents, il s'enquit :

— Comment vous êtes-vous débrouillé pour trouver ce matériel spécialisé en un jour ?

— M. Gilmore obtient toujours ce qu'il veut. Il m'a demandé de rendre votre séjour ici aussi agréable et confortable que possible, et de vous fournir tout ce dont vous aurez besoin.

Colin se frotta le menton d'un air hésitant.

— C'est parfait… Nous aurons surtout besoin de discrétion. Vous voyez ce que je veux dire… un environnement propice au travail…

Leonard serra imperceptiblement les lèvres.

— Ne vous inquiétez pas, monsieur. Je passe le plus clair de mon temps en bas, dans la cuisine. En revanche, vous pouvez me joindre par le téléphone intérieur que M. Gilmore a fait installer.

— On dirait qu'Adrian passe plus de temps dans la Grande Remise qu'il n'en passait au manoir lui-même ?

— Il recevait au manoir. Mais il est vrai que les proportions plus modestes de la Remise lui plaisent davantage, pour le quotidien.

Cela augurait bien des chances de Pineapple House, songea Colin.

— Recevait-il souvent au manoir ? demanda-t-il.

De la porte de l'atelier lui parvint la voix de Grace :

— Assez souvent pour avoir envie de le rebâtir !

Colin éclata de rire et la salua d'un :

— Pas mal, comme endroit, qu'en penses-tu ?

— Parfait, acquiesça-t-elle. Je m'y installerai le matin, et toi, l'après-midi.

Colin leva un sourcil étonné.

— Ce n'est pas nécessaire. Je jure de ne pas mettre mon nez dans ton travail !

De la main, Grace indiqua une chaîne stéréo.

— Je ne risque pas de travailler en même temps que toi ! Je ne supporte pas la musique bruyante que tu apprécies.

Inutile d'essayer de persuader cette tête de mule devant Leonard ! décida Colin. Il aurait tout le temps de le faire lorsqu'ils seraient seuls.

— Nous verrons ça plus tard, dit-il.

Leonard choisit ce moment pour intervenir :

— Les cocktails sont servis à 18 heures sous la véranda.

— Pour moi, ce sera du thé glacé, indiqua Grace.

— Entendu... Voulez-vous prendre le dîner dans la salle à manger ou dans le jardin ?

— Dans le jardin, répliqua Colin.

— Dans la salle à manger, répondit Grace en même temps.

Leonard réprima un sourire et se dirigea vers la porte.

— Faites-moi connaître votre choix lorsque vous vous serez mis d'accord. Je serai dans la cuisine.

Après son départ, un silence gêné s'installa. Grace s'approcha de l'un des ordinateurs. La lumière dansait dans ses cheveux brillants, remarqua Colin, et sa silhouette se découpait dans l'encadrement d'une fenêtre. Il serait resté des heures à contempler la lumière exaltant son teint crémeux, les courbes si féminines que moulait son pull, le jean enserrant comme une seconde peau ses hanches étroites.

Il lutta contre la tentation de caresser cette admirable silhouette, et s'étonna tout haut :

— On dirait que Gilmore avait prévu notre installation de longue date, tu ne trouves pas ?

Grace sursauta.

— Que veux-tu dire ?

Colin haussa les épaules et se rapprocha d'elle.

— Je ne sais pas… Tout ce matériel coûteux, ces tables…

Sur l'une des tables à dessin, il prit une poignée de crayons acryliques et remarqua :

— Ma marque favorite, mes couleurs préférées. Bizarre, non ?

D'un haussement d'épaules, Grace balaya l'argument :

— C'est une marque connue. Quant aux crayons, les couleurs choisies n'ont rien de très audacieux.

Il réprima un sourire devant cette pique perfide et demanda :

— Et sur ta table, qu'y a-t-il ?

Elle souleva une boîte de crayons gris.

— Je n'utilise pas d'acryliques. Pas assez précis à mon goût.

— Tu vois, on dirait qu'Adrian a tout préparé pour chacun de nous.

— Il devait sentir qu'il y aurait plusieurs finalistes, mais il ne pouvait savoir à l'avance de qui il s'agirait. En ce qui concerne le matériel, ce sont des choses classiques, qu'utilisent tous les bons architectes. Enfin presque, acheva-t-elle en lançant un regard éloquent aux crayons acryliques.

Colin se mit à rire et lutta contre une nouvelle impulsion, celle d'enfouir son visage dans les cheveux de Grace et de s'enivrer du subtil parfum qui se dégageait d'elle. Lavande ? Gardénia ?

— Tu as sans doute raison, concéda-t-il.

Elle s'éloigna un peu et tapota l'une des tables du plat de la main.

— Je choisis celle-ci, décida-t-elle. J'aime la vue.

Par-dessus son épaule, Colin jeta un coup d'œil par la fenêtre.

— Tu aimes regarder cette réplique calcinée de Buckingham Palace ? ironisa-t-il.

— Ça m'inspirera pour dessiner le futur manoir…

— Tant mieux si tu choisis cette vue, parce que moi, dit-il en désignant les fenêtres donnant au sud, je préfère celle-ci.

Grace se rapprocha à son tour.

— L'ancien jardin ? Rien de bien spectaculaire…

— Détrompe-toi ! C'est là que s'élevait Pineapple House.

Tout en parlant, il enveloppa les épaules de Grace de son bras et la serra discrètement contre lui. Comme elle se raidissait sans se dégager, il se pencha un peu plus vers elle. Lavande, décida-t-il. Aucun doute possible.

— Sers-toi de ton imagination, poursuivit-il. Des lignes nettes et simples. Des proportions parfaites. Une architecture XVIIIe classique, dans toute sa pureté.

— J'aimerais voir les archives de ce bâtiment, dit-elle d'un air rêveur.

Puis, se reprenant, elle corrigea en hâte :

— Simple curiosité professionnelle.

Comme elle levait les yeux vers lui, Colin sentit son cœur se serrer. Pourquoi Grace l'affectait-elle à ce point ? se demanda-t-il.

Se penchant davantage encore, il murmura à son oreille :

— Dîne avec moi sous les étoiles, et je te les montrerai.

Contre toute attente, le regard de Grace s'adoucit et elle ne détourna pas ses yeux vert sombre.

— Pour notre santé mentale et notre sens des convenances, ne pourrions-nous faire de ces trois semaines ensemble un temps de travail platonique ? demanda-t-elle.

Santé mentale ? Convenances ? Platonique ?

Colin rejeta les trois mots en bloc.

— Non.

Les lèvres de Grace formèrent un petit « O » de surprise. Cette fois, Colin ne combattit pas son instinct. Il baissa la tête et embrassa cette belle bouche.

Ses lèvres étaient douces et chaudes, encore parfumées du thé mentholé. Il en dessina le contour du bout de la langue, et

55

en ressentit une brûlure dans tout le corps. Son désir resurgit, instantané et puissant.

Il passa son autre bras autour de la taille de Grace et la serra de plus près. Contre son torse, il sentit le cœur de la jeune femme battre au même rythme que le sien. Comme elle s'agrippait à son pull, il se demanda dans quel but. Pour le rejeter violemment, ou l'attirer dans ses filets ?

Aucun des deux, constata-t-il aussitôt. Frémissante, elle recula d'un pas, et secoua lentement la tête de gauche à droite. Comme si elle ordonnait à son esprit de se comporter *comme il faut*… Cette attitude puérile lui donna envie de rire, mais il s'en garda bien. Il se contenta de dire d'une voix calme :

— Certaines choses sont trop difficiles à refuser…

Un éclair de défi traversa le regard vert de Grace.

— Dans ce cas, prépare-toi à combattre pendant trois semaines, lâcha-t-elle.

Il lissa les cheveux de Grace et lui caressa la joue.

— Nous ferons les choses au rythme qui te conviendra.

Inspirant à fond, elle s'éloigna un peu plus et secoua de nouveau la tête.

— Rythme zéro ! Et pas de « choses ».

— Tu aimes contrôler toutes les situations, n'est-ce pas ?

La gorge de Grace se serra.

— Perdre le contrôle ne m'a jamais été bénéfique. Tu le sais.

— Gracie…

Elle leva une main et lui coupa la parole :

— Il faut t'y faire, l'histoire ne se répétera pas.

Colin étouffa un rire.

— Tu ne sais pas ce que tu es en train de dire !

— Je le sais très bien, au contraire ! insista-t-elle. Pendant un instant de folie, je n'ai plus su ce que je faisais, mais je sais parfaitement ce que je dis ! Je ne commettrai pas deux fois la même erreur.

Le moment était vraiment venu de mettre fin à ce stupide malentendu ! décida Colin. Que Gracie le dédaigne parce qu'il n'appartenait pas aux mêmes sphères sociales qu'elle, passe encore. Mais qu'elle le méprise pour avoir abusé d'une fille de dix-huit ans éméchée, non !

— Ecoute-moi, commença-t-il.

Sans répondre, elle croisa les bras et soutint son regard.

— Tout ça, c'est de l'histoire ancienne, tu es devenue une adulte, poursuivit-il. Mais je veux éclaircir un point une fois pour toutes.

Il plaça ses mains sur les épaules de Grace qui releva le menton d'un air de défi.

— Assez adulte pour accepter tes excuses.

— Je n'ai rien à me faire pardonner.

Les joues de Grace s'empourprèrent.

— Je m'y attendais ! C'est sans doute à moi de me faire pardonner de m'être jetée à ton cou ? Tu es un vrai salaud !

Elle essaya de se dégager, mais Colin la tenait fermement.

— Gracie… je n'ai pas fait l'amour avec toi.

Le monde s'arrêta de tourner.

— Tu mens !

— J'en suis incapable.

Muette, elle le dévisagea.

— Tu étais malade, quand nous sommes arrivés dans ma chambre. Tu t'es évanouie dans la salle de bains.

Grace sembla rétrécir sur place ; elle fronça cependant les sourcils et demanda :

— Mais… pourquoi ne me l'as-tu pas dit, sur le moment ?

— J'ai essayé ! Mais tu ne voulais rien entendre. Tu n'avais qu'une idée en tête : t'enfuir !

— Tu… tu m'as déshabillée parce que j'étais malade ?

— Exactement ! Tu avais vomi, si tu veux savoir. Je ne pouvais pas te ramener chez toi dans cet état. Beaucoup de monde traînait encore au rez-de-chaussée.

— Et tu ne m'as pas…

— Non, je ne t'ai pas…

Avec un sourire furtif, il ajouta :

— D'accord, j'ai regardé en te déshabillant… mais c'est tout. Je te voulais lucide et consentante.

« Et je n'ai pas changé d'avis », acheva-t-il en son for intérieur.

Assimilant l'ampleur de la révélation, Grace devint blanche comme un linge.

— Tu veux dire… tout ce temps où je croyais avoir perdu…

— J'aurais bien aimé avoir cet honneur, Gracie. Mais non, je ne suis pas le premier.

Il lui caressa tendrement les épaules et poursuivit :

— Je suis juste resté éveillé pour te surveiller. J'avais peur que tu vomisses dans ton sommeil. On peut en mourir, tu sais.

Réduite au silence, Grace contemplait Colin bouche bée.

— En somme, quand tu as perdu ta virginité, tu n'en as pas été consciente, dit-il.

— Je ne l'ai pas perdue, répondit-elle simplement.

Ce fut au tour de Colin de rester sans voix.

— Pardon ? articula-t-il enfin.

Grace émit un petit rire embarrassé.

— Je n'ai plus jamais bu un verre d'alcool non plus. Et si tu dis la vérité, je n'ai jamais… tu me comprends.

Vierge ? Grace ? Etait-ce possible ? Colin n'en revenait pas. La nouvelle lui faisait l'effet d'un coup de poing à l'estomac et une sorte d'euphorie s'emparait peu à peu de lui. Il voulait de toutes ses forces être le premier.

De son côté, elle secoua la tête et porta une main à sa poitrine.

— Tu ne sais pas le cadeau que tu viens de me faire, dit-elle à mi-voix.

La gorge nouée, Colin répéta :

— Un cadeau ?

— Tu vas me trouver vieux jeu, mais j'ai toujours eu envie d'offrir ma virginité à un homme que j'aime, dit-elle en rosissant.

Les mots de Grace réduisirent ses rêves à néant.

— C'est… noble, parvint-il à énoncer.

Une espérance infinie fit briller le regard de Grace.

— Maintenant, je pourrai me donner totalement à l'homme dont je tomberai amoureuse.

Une pointe de jalousie transperça le cœur de Colin.

— Il aura bien de la chance, murmura-t-il.

Il ruminait sa défaite. Pour une fois, la chance lui faisait défaut, car il était bien le dernier homme dont Grace Harrington tomberait amoureuse.

4.

Vaincue par l'insomnie, Grace repoussa sa couette. Même la fenêtre ouverte et la brise salée de l'océan ne lui avaient pas apporté le sommeil. Que lui arrivait-il ?

La faim, se convainquit-elle. Elle avait sauté le dîner et, à minuit passé, en payait les conséquences.

Bien entendu, sauter un repas était un peu enfantin. Colin avait disparu, annonçant à Leonard qu'il dînait en ville avec une connaissance, de sorte qu'elle avait décliné l'offre du maître d'hôtel de lui préparer du saumon sauvage.

De quoi aurait-elle eu l'air, à dîner seule dans le patio ? Même si elle l'en avait prié, jamais Leonard n'aurait accepté de s'attabler avec elle. Il était bien trop traditionaliste pour cela. Pendant quelques secondes, elle songea à Hannah, la gouvernante qui l'avait élevée. Elle, au moins, ne l'avait jamais laissée manger seule. En fait, elle lui tenait toujours compagnie, dans la maison vide des Harrington.

Grace sortit de sa chambre et longea le corridor. Un peu de lait, une tasse de thé, lui feraient du bien, décida-t-elle. Elle dépassa la chambre de Colin, et s'engagea pieds nus dans l'escalier. Quand la deuxième marche craqua, elle se figea sur place et attendit. La maison demeurant silencieuse, elle reprit sa descente.

Dans la cuisine, elle trouva une boîte d'Earl Grey. Ce type de thé était-il un excitant ? se demanda-t-elle. Ce n'était pas le moment de renforcer son énergie ! Elle aspirait plutôt à la bienheureuse léthargie du sommeil.

A la seule lueur de la lune, elle trouva une tasse dans les placards puis versa de l'eau dans une casserole et la mit à bouillir. Elle ne voulait pas risquer de réveiller Leonard ou Colin, en utilisant le four à micro-ondes. Colin… Elle jeta un coup d'œil au décolleté vertigineux de son haut de pyjama. Non, décidément, elle ne voulait à aucun prix de sa compagnie.

Un petit frisson la parcourut ; elle secoua la tête et se coupa une rondelle de citron. Combien de temps pourrait-elle lui mentir ? Se mentir à elle-même ? se demanda-t-elle. Combien de temps parviendrait-elle à se montrer froide, insensible à son charme si masculin alors qu'il avait sur elle un effet dévastateur ? Autant le reconnaître, il l'électrifiait, au sens littéral. Ebranlait ses nerfs. Envoyait des ondes dans tout son corps. Réveillait les endroits d'elle-même qu'elle avait mis en veilleuse pendant dix ans. Toute sa vie adulte, en somme.

Pour être honnête, Colin possédait même un pouvoir plus grand encore : celui de la faire douter de ses décisions les plus ancrées. Pour la première fois en dix ans, elle se demanda pourquoi elle tenait tant à sa virginité.

Une fois de plus, elle refusa d'approfondir la question. Elle prit sa tasse et se rendit dans le salon puis, changeant d'idée, s'empara d'un plaid jeté sur un divan, s'en enveloppa et s'installa sous la véranda.

Brise marine et thé. Rien de tel pour vous endormir en douceur, espéra-t-elle. Elle souleva sa tasse, la porta à son nez et en huma la fragrance citronnée.

— Tu es toute seule ?

Au son de la voix venue de l'ombre, elle sursauta et scruta l'obscurité… Colin !

— Où es-tu ? demanda-t-elle.

Une ombre bougea près d'un buisson et la voix se rapprocha :

— Coucou !

Grace l'aperçut au pied des marches de la véranda. D'instinct, elle resserra le plaid autour de ses épaules en l'interrogeant :

— Que fais-tu ici ?

— J'habite cette maison, tu t'en souviens ?

— Je veux dire, à cette heure avancée.

Colin se mit à rire et monta les marches.

— Je suis un grand garçon, tu sais ! J'étais en ville. Et toi, que fais-tu debout ? Dans quelques heures, il faut que tu sois fraîche pour ton jogging !

— Je ne dormais pas, alors j'ai décidé de me faire un Earl Grey. Tu en veux ?

Colin fit la grimace.

— Non, merci. Je viens de boire une bière. Bière et thé ne font pas bon ménage !

La plaisanterie fit sourire Grace. Cependant, en son for intérieur, elle était intriguée. Avec qui buvait-il dans les bars, la nuit ?

— Je te croyais endormi, dit-elle.

Il haussa les épaules et s'approcha de la balancelle.

— Je suis un couche-tard. Puis-je m'asseoir à côté de toi ?

Acquiesçant d'un signe de tête, Grace se recroquevilla à une extrémité de la balancelle. Colin se laissa tomber au milieu. Le siège oscilla un peu sous son poids.

Il portait un jean et un pull noir. Ses cheveux détachés, foncés comme la nuit, tombaient sur ses épaules. Brillants, attirants… au point que Grace eut envie de les toucher.

Agacée contre elle-même, elle se concentra sur son thé.

Colin posa son bras sur le dossier de la balancelle et étendit les jambes. Elle ferma les yeux et but une gorgée d'Earl Grey.

— Ce n'est quand même pas la mauvaise conscience qui t'empêche de t'endormir ? demanda-t-il.

Elle ouvrit les yeux.

— Pardon ?

— Gram dit toujours que la mauvaise conscience empêche les gens de dormir. Mais puisque tu as été absoute d'un péché que tu n'avais pas commis, ça ne peut pas être la cause de ton insomnie.

Le regard furibond, Grace exigea :

— Laissons tomber ce sujet pendant les trois semaines à venir, tu veux ?

Colin émit un petit rire et croisa ses chevilles l'une sur l'autre. Pendant quelques minutes, aucun des deux ne parla.

— Qu'est-ce que Lenny t'a préparé pour le dîner ? demanda-t-il enfin.

Grace faillit s'étouffer.

— Lenny ?

— M. Billingsly, ma chère. Notre estimé valet.

Le faux accent britannique de Colin amusa Grace.

— Je n'ai rien mangé. Mais ne te moque pas d'un homme capable de confectionner une forêt-noire. J'en ai vu une dans le frigo.

Colin se rapprocha imperceptiblement et Grace sentit le poids de son bras contre sa nuque.

— Pourquoi n'as-tu rien mangé ?

Pas question d'avouer la vérité, à savoir que la Grande Remise lui avait paru vide sans lui !

— Je… J'étais trop occupée… Coups de fil à passer.

— Tu as alerté la presse au sujet de la grande nouvelle de ta virginité retrouvée ?

Grace accepta la plaisanterie et renchérit :

— Je l'ai fait paraître dans le *Boston Globe* !

Colin éclata de rire.

— Chut ! souffla-t-elle. Tu vas réveiller… Lenny !

Il remarqua qu'elle jetait un regard furtif à sa chevelure dénouée.

— Que regardes-tu ?

Les joues de Grâce s'empourprèrent, et elle se réjouit de la semi-obscurité.

— Je ne t'avais pas encore vu avec les cheveux détachés, admit-elle.

— Le lien qui les retenait est tombé ce soir.

Une obscure sensation de danger s'empara de Grace. Que faisait-il, dans ce bar, pour que sa queue-de-cheval se défasse ?

Après avoir avalé une gorgée de thé, elle s'enquit d'une voix qu'elle voulait anodine :

— Avec qui as-tu dîné ?

Les doigts de Colin effleurèrent les cheveux de Grace.

— Une personne qui m'est très proche.

Elle se remémora les amis de Colin à l'université. Tous audacieux, artistes, à l'affût d'expériences. Elle se souvint aussi du jour où elle l'avait aperçu en compagnie d'une fille brune, à l'arrière de sa moto. Une fille qui avait passé les bras autour de sa taille et posé la tête contre son dos. Elle avait éprouvé alors un fort sentiment de révolte : cette fille échevelée, sans inhibitions, n'avait rien à faire avec le garçon pour lequel battait son cœur à elle !

— Tu as un ami qui habite la région ? demanda-t-elle en maîtrisant son inquiétude.

— En fait, c'est une habitante de souche de Newport. Elle connaît à la perfection l'histoire de la ville.

Elle… La gorge de Grace se noua.

— Qu'as-tu appris, ce soir ? s'enquit-elle d'un ton neutre.

Colin imprima à la balancelle un mouvement lent.

— Nous avons parlé de Rejects Beach.

— Rejects Beach ? N'est-ce pas là que commence la Corniche ?

— Si. Autrefois, toutes les plages étaient privées. Elles appartenaient au country club, et seuls les riches résidents de la ville y avaient accès. Le petit peuple envahissait l'est de ces plages. Bien entendu, ça ne plaisait pas aux gens cossus, qui ont fait ériger une barrière pour leur interdire l'accès.

Grace remarqua le ton acide de Colin mais ne fit aucun commentaire, pendant qu'il expliquait comment un groupe de radicaux s'était battu pour faire abattre cette barrière et, à la longue, avait obtenu gain de cause.

Comme il se rapprochait un peu d'elle, Grace lissa son plaid d'une main nerveuse et replia ses jambes sous elle. Du coin de l'œil elle étudia le beau visage de Colin, et remarqua le chaume de ses joues. Il ne s'était donc pas rasé avant de retrouver son amie, en conclut-elle. L'avait-il embrassée ? De fil en aiguille, elle en vint à la vraie question qui la torturait : que ressentirait-elle, s'il l'embrassait à son tour ?

A cette idée, elle détourna la tête avec une sorte d'effroi. A quel calvaire équivaudraient les trois semaines à venir, si elle ne cessait de penser aux baisers qu'ils pourraient échanger !

— Il faut que j'aille me coucher, annonça-t-elle d'une voix faible.

Cependant, elle ne joignit pas le geste à la parole. Au contraire, s'avoua-t-elle, elle ne voulait sous aucun prétexte rompre le charme de ce moment privilégié.

— Rien ne presse, répliqua Colin. Demain, c'est dimanche. Tu peux avoir l'atelier toute la journée, si tu veux.

— Que fais-tu, demain ?

Il haussa les épaules avec désinvolture.

— Je n'ai pas de projet particulier. Et toi ?

— Je vais travailler un peu. Ensuite, je pense visiter quelques manoirs comparables à Edgewater. The Breakers et Rosecliff, par exemple. Pour m'imprégner de l'atmosphère.

Le bras toujours passé sur le dossier de la balancelle, Colin donna à celle-ci une petite impulsion.

— Tu devrais visiter Hunter House, dit-il.

— Pourquoi ?

— C'est un excellent exemple d'architecture géorgienne du milieu du XVIIIe. Vas-y, juste pour le plaisir.

Grace resserra plus encore son plaid autour d'elle.

— L'architecture géorgienne ne m'intéresse pas. Et je n'ai pas besoin de faire les choses « juste pour le plaisir » !

En réponse, Colin émit un rire profond, chargé d'ironie. En même temps, il replaça une mèche de cheveux derrière l'oreille de Grace.

— Avoir besoin et décider sont deux choses très différentes, suggéra-t-il.

A ces mots, elle se recroquevilla encore plus dans son coin.

— Arrête de me taquiner sans cesse !

Colin secoua lentement la tête.

— Impossible ! C'est trop drôle !

— Parle pour toi ! Je ne vais pas supporter pendant trois semaines que tu me dises ce qui... me manque.

— Il te manque de ne pas connaître l'architecture géorgienne, c'est tout !

— Tu sais très bien ce que je veux dire ! Tous tes propos sont à double sens.

D'un geste de la main, il balaya en riant les reproches de Grace.

— Tu te fais des idées ! Mais si tu me fais une promesse, je veux bien essayer de ne plus parler qu'au premier degré. D'accord ?

Prudente, elle temporisa :

— Ça dépend de ce que tu as derrière la tête.

— Pendant trois semaines, tu devras briser une règle établie par jour.

— Pardon ?

— Prendre un risque. Enfreindre une règle. Comme par exemple laisser couverts et assiettes sales sur la table pendant au moins vingt minutes, à la fin d'un repas, au lieu de te précipiter pour faire la vaisselle.

Ce style de règles établies, elle n'aurait aucun mal à y renoncer ! songea-t-elle. Mais il avait sûrement une arrière-pensée.

Se réservant une porte de sortie, elle rétorqua avec un petit sourire :

— Je ne sais pas... Je n'ai pas envie de renier mes principes.

Colin lui ébouriffa les cheveux, provoquant en elle mille petits foyers d'incendie.

— Il ne s'agit pas de renier tes principes, Gracie. Je souhaite juste que tu prennes un peu de bon temps.

Tout à coup, elle eut une conscience aiguë de ce qui se passait en elle. N'était-elle pas justement en train de prendre du bon temps, en cet instant précis ? Assise au clair de lune à côté de Colin, à respirer son odeur masculine, à observer sa petite boucle d'oreille en or qui scintillait doucement dans la clarté nocturne. Ne vivait-elle pas un bonheur tout simple, sans mélange ?

— Je ne sais pas, murmura-t-elle. J'aime bien les règles.

— Tout est une question de contrôle de soi. Et Dieu sait que tu es experte en la matière. Tant qu'on demeure maître de ses actions, on peut s'affranchir de certaines règles. C'est mon approche de l'architecture, par exemple.

— Ton approche de la vie tout court !

Il sourit avec malice.

— Méfie-toi ! C'est contagieux !

C'est bien ce qui l'inquiétait ! songea Grace.

— Entendu ! concéda-t-elle. Une règle par jour. On commence demain. Mais à une condition : plus de propos à double sens ni de sous-entendus douteux.

— Marché conclu ! Comme il est minuit passé, on commence dès maintenant.

Assis tout contre Grace, à présent, Colin souleva le bord du plaid qui l'enveloppait.

— Comment es-tu habillée ? s'enquit-il.

Grace avala sa salive avec difficulté.

— En pyjama.

— Alors, il faut te changer. Nous allons nous promener.

— A cette heure-ci ? Où ? se récria-t-elle.

— Sur la Corniche.

La Corniche ? L'idée lui parut si incongrue qu'elle eut envie d'en rire.

— Je suis sûre que c'est interdit ! protesta-t-elle.

Colin sourit et sauta sur ses pieds.

— C'est bien pour ça que nous y allons !

— Il y a un passage un peu délicat vers Ledge Road, prévint Colin.

A ces mots, Grace marqua un temps d'arrêt dans l'allée. Colin la prit par le bras et l'éloigna du cocon de la Grande Remise.

— Tu songes sérieusement à la Corniche en pleine nuit ? demanda-t-elle.

— Bien sûr ! C'est un endroit étonnant, le soir. Toute la baie baigne dans la clarté de la lune, et on ne rencontre pas un chat.

— C'est bien ce qui m'inquiète !

Elle portait à présent un jean et un gros pull. Dans sa chambre, la perspective de cette aventure nocturne l'avait effrayée. Au prix d'un effort, elle était parvenue à surmonter ses réticences mais, dans l'obscurité, son courage flanchait de nouveau.

— On peut mourir, la nuit, dans des endroits pareils, objecta-t-elle.

Colin lui passa un bras autour des épaules et la guida vers la route.

— J'ai fait les sept kilomètres de la Corniche en courant, hier matin. C'était fabuleux. Il y a quelques passages délicats dans la partie sud, mais je t'aiderai et tu ne te feras aucun mal.

Elle aussi connaissait le sentier. Assez bien pour savoir que ce qu'il qualifiait de « passages délicats » était dangereux. Même en plein jour. Certains rochers glissaient, et la falaise présentait quelques à-pics vertigineux.

— Si nous nous promenions plutôt sur la propriété ? insista-t-elle. Tu me montrerais l'endroit où tu veux implanter Pineapple House.

Incrédule, Colin s'arrêta et sourit de toutes ses dents.

— Enfin une pensée positive, Gracie ! s'exclama-t-il.

Dissimulant le trouble que provoquait en elle son sourire éclatant, elle fit aussitôt marche arrière :

— Je… je voulais seulement dire… où tu te *proposes* d'implanter Pineapple House.

Colin la serra de plus près contre sa hanche.

— Je te montrerai ça demain, quand il fera jour. Pour l'instant, j'ai envie de marcher avec toi.

Une balade nocturne, dans l'air frais de septembre ? Pourquoi pas ? songea Grace. Tout compte fait, cela paraissait bien innocent. Et puisque Colin ne manifestait pas l'intention de travailler demain, elle pourrait dormir un peu plus tard avant de regagner l'atelier. De toute façon, elle n'avait pas sommeil.

Comme il la guidait vers une étendue de roches lisses, elle entendit le fracas des vagues qui s'écrasaient en cadence au pied de la falaise, tout en bas. De fins nuages tamisaient la lumière de la lune. La clarté laiteuse ne suffisait pas à éclairer les rochers irréguliers qui constituaient le début du chemin, à quelques mètres devant elle.

— Ne lâche pas ma main, conseilla Colin.

Un peu crispée, elle désigna la falaise du menton.

— Fais attention de ne pas nous faire glisser… jusqu'en bas.

— Ne t'inquiète pas. Je contrôle la situation, répliqua-t-il avec une pointe d'humour dans la voix.

Ils marchèrent pendant quelques minutes sans mot dire. Grace se concentrait sur chacun de ses pas, sans pour autant oublier la main large et forte qui enserrait la sienne ni la proximité de cet homme si viril. Elle respira à fond, pour garder son équilibre et sa maîtrise d'elle-même.

— On aperçoit Rejects Beach, annonça Colin en désignant le rivage au loin.

Comme ils atteignaient la fin de la partie rocheuse du sentier, il lâcha la main de Grace, sauta à terre et se retourna. Puis il la saisit par la taille et lui fit franchir le dernier obstacle qui la séparait du chemin praticable.

— Le plus difficile est derrière nous ! affirma-t-il.

A partir de là, le sentier devenait plus large. Une paroi rocheuse le bordait d'un côté ; de l'autre, une rambarde protectrice courait le long de la falaise à pic. Cependant, les mains de Colin s'attardaient autour de la taille de Grace, son visage restait très proche du sien.

Elle fut parcourue d'un frisson brûlant. La partie la plus risquée de la promenade ne commençait-elle pas ? s'inquiéta-t-elle.

Ils reprirent leur marche, main dans la main. Au bout d'un moment, Colin regarda vers l'est et commenta :

— Rejects Beach est un bon exemple de l'infranchissable fossé entre les riches et les pauvres qui colore l'histoire de ce port de Newport.

Une nouvelle fois, Grace décela de la passion dans la voix de Colin, comme chaque fois qu'il abordait ce sujet. Elle l'avait déjà notée au restaurant, quand il lui parlait de ses plans pour Edgewater.

— Tu m'en diras tant ! ironisa-t-elle. Tu vois Pineapple House comme la célébration de l'homme du peuple ?

Les doigts de Colin se crispèrent de façon presque imperceptible autour de sa main.

— Je vois Pineapple comme la célébration des racines de Newport, corrigea-t-il. Des origines très humbles, qui n'ont rien à voir avec la richesse impudente qui a envahi les lieux par la suite.

70

La main de Grace restait nichée dans celle de Colin, trop chaude et rassurante pour qu'elle songeât à s'en libérer, malgré l'absence de danger physique.

— Tu me surprends, dit-elle. Je croyais que tu allais te lancer dans un discours sur la beauté intrinsèque de l'architecture du XVIIIᵉ. Et sur la nécessité d'équilibrer les différents héritages, et tout ce bla-bla.

Colin prit un air faussement indigné, mais le rire perçait dans sa voix :

— C'est tout ce que tu penses de mes brillantes idées radicales ? Du bla-bla ?

— Mon opinion n'a aucune importance ! Le magazine *Newsweek* titre : « Le monde est-il prêt pour le génie d'avant-garde de Colin McGrath ? » Ça doit te suffire, j'imagine.

— Ton opinion compte pour moi, répliqua Colin en toute simplicité. Et considérant notre... histoire, et ton hostilité, je m'étonne que tu aies lu cet article.

Non seulement Grace l'avait lu, mais elle l'avait soigneusement découpé avant de le cacher au fond de sa boîte à bijoux.

— Oh ! euh... Je suis tombée dessus par hasard... L'article était bon.

Colin lui pressa la main.

— Tu mens ! Je suis sûr que tu as pensé : « Tiens, un article sur ce zigoto que j'ai connu à la fac ! »

Grace leva la tête vers lui. Se trompait-elle ou discernait-elle dans le son de sa voix une pointe de remords ? Ses yeux la taquinaient, mais il ne souriait pas. Incapable de se retenir, elle laissa son regard glisser jusqu'à la bouche de Colin. Une envie brûlante de l'embrasser l'envahit. Comment y résister ? se demanda-t-elle dans l'urgence.

De l'index, il lui souleva le menton, l'obligeant à tendre le visage vers lui. Leurs bouches se retrouvèrent si proches qu'elle imagina le goût et la texture des lèvres de Colin.

— Dis-moi la vérité, insista-t-il. Qu'as-tu pensé en lisant cet article ?

Ce qu'elle avait pensé ? Qu'elle était encore amoureuse de Colin McGrath, au point d'avoir le cœur brisé à la simple vue de sa photo dans le journal. Pis, en ce moment même, le contempler sur ce chemin, au clair de lune, lui donnait les mêmes frissons que dans sa jeunesse. En un mot comme en cent, elle était aussi amoureuse qu'autrefois.

Toutefois, à la lecture de l'article, elle avait aussi éprouvé une autre émotion. Et celle-là, bien que peu flatteuse, elle pouvait l'avouer.

— J'ai été jalouse.

Colin lui lança un regard incrédule.

— Jalouse ? Pour un petit article dans un journal ?

— Jalouse de ta créativité, de ta capacité à imposer de nouvelles tendances. L'architecture de l'opéra de Portland est à couper le souffle, et tu le sais très bien.

Le visage de Colin se rapprocha encore un peu du sien ; il se trouvait maintenant dangereusement proche. Elle frémit. Comment réfréner l'envie torturante de l'embrasser toutes affaires cessantes ? Comment ?

— De ta part, c'est un compliment inappréciable, miss Harrington !

— Je sais reconnaître le talent. Même si c'est… périlleux.

Au fur et à mesure que ses sens s'enflammaient, son esprit devenait gourd. Elle tenta de respirer à fond pour reprendre le contrôle d'elle-même. En vain.

— Attention, Gracie, murmura Colin d'une voix rauque. Si tu commences à ne plus respecter les règles, tu ne parviendras peut-être plus à t'arrêter.

Tant pis ! songea-t-elle dans la brume de son envie. Incapable de résister davantage, elle s'éleva sur la pointe des pieds et joignit ses lèvres à celles de Colin.

Il l'attira contre lui et pencha la tête sur le côté. Sa langue douce et chaude se glissa dans la bouche de Grace.

La douceur de ce baiser l'électrisa tout entière ; un gémissement sourd lui échappa. Elle passa les bras autour du cou de Colin et enfonça les doigts dans ses magnifiques cheveux. Enfin…

Plus leurs langues se mêlaient, plus leurs corps se pressaient l'un contre l'autre, plus Grace fondait, perdait toute stabilité. Ses jambes flageolaient sous elle. Des vibrations violentes l'ébranlaient au plus profond. A travers l'épaisseur de son pull, elle sentait le cœur de Colin battre contre sa poitrine, son corps se durcir.

Avec une extrême lenteur, il mit fin à leur baiser.

— Gracie, murmura-t-il en la repoussant un peu.

Elle essaya de dire quelque chose mais le désir sans bornes qu'elle éprouvait l'empêchait presque de parler.

— Je… je voulais juste…

— Chut ! souffla Colin.

Comme il posait une main sur les lèvres de Grace, une envie irrésistible de lui lécher les doigts s'empara d'elle. Un reste de bon sens la fit régir. Perdait-elle la raison ? Dans sa honte, elle fit brusquement un pas en arrière. Colin la rattrapa avant qu'elle ne heurte la rambarde.

— Attention ! dit-il en la tirant à lui. Souviens-toi : la maîtrise de soi, c'est tout !

La maîtrise de soi ? songea Grace, encore étourdie. Où était le temps où cela revêtait pour elle une importance primordiale ? Elle recula de nouveau, consciente de l'à-pic dans l'obscurité. Cependant, l'homme qui lui faisait face l'effrayait plus encore. Une nouvelle fois, elle se trouvait à la croisée des chemins.

— Ça va, dit-elle d'une voix incertaine.

Elle essayait de rassurer Colin. De se rassurer.

Il eut un petit sourire entendu. Puis, avec un léger soupir de regret, il prit la main de Grace et rebroussa chemin.

— Je vois… Tu t'y entends à la perfection, pour violer les règles, Gracie ! Mais je pense que ça suffit pour ce soir.

— Non.

Surpris, Colin s'immobilisa une seconde.

— Non ?

— Je veux encore enfreindre une règle.

Il égrena l'un de ses rires irrésistibles.

— A laquelle penses-tu ?

— Tu verras bien.

Avant qu'il ne réagisse, elle reprit la direction d'Edgewater à petites foulées.

5.

Grace ferma les yeux et émit un long gémissement de plaisir en retirant lentement de sa bouche la fourchette couverte de chocolat.

— Cet homme est un surdoué de la pâtisserie ! s'extasia-t-elle en léchant du bout de la langue une miette de forêt-noire accrochée à ses lèvres.

Quand elle rouvrit les yeux, elle découvrit le regard de Colin posé sur elle. En contemplation. Sa propre assiette était intacte.

— Tu ne goûtes même pas ? demanda-t-elle.

Il appuya ses coudes sur la table de la cuisine et posa le menton sur ses mains jointes.

— T'admirer en train de manger du chocolat me suffit. Je ne peux rêver mieux.

— Tu es fou !

Les yeux de Grace scintillaient de gourmandise. Elle entrouvrit les lèvres pour une nouvelle bouchée.

— Ça, mon ami, dit-elle avec emphase, c'est une œuvre d'art.

Qu'apprécia le plus Colin ? Les lèvres de Grace arrondies autour de sa fourchette ? Le fait qu'elle le qualifie d'ami ? Il n'aurait su le dire.

— C'est un gâteau trop riche pour moi, dit-il.

— Prends-en juste une bouchée !

Elle prit avec délicatesse une portion de forêt-noire avec sa fourchette et la porta aux lèvres de Colin. Au dernier moment, elle la retira avec malice pour la porter à sa propre bouche.

Puis, avalant avec délectation, elle commenta en souriant :

— Maîtrise de soi, en toute occasion, tu te souviens ?

Comment l'oublier ? songea Colin. Une demi-heure plus tôt, sur le sentier de la Corniche, il avait fait appel à toute sa volonté pour contrôler ses pulsions. Combien de temps encore y parviendrait-il ? Gracie était la femme la plus tentante qui soit. Elle le surprenait à tout propos, l'excitait sans relâche.

Dans ces conditions, la maîtrise de soi serait sa compagne constante, pendant les trois semaines à venir. Ainsi que les bains glacés dans l'Atlantique. En effet, à moins de se ridiculiser, il n'existait pas d'autre remède à leur cohabitation, tant que durerait la petite expérimentation d'Adrian Gilmore. Ils iraient de repas en repas, de balade en balade, de baiser en baiser. Dès lors, comment demeurer de marbre ? Comment conserver un self-control inaltérable ?

Empêtré dans ces questions, Colin remua sur sa chaise.

— Et si Lenny était un espion ? lança-t-il.

Le regard interrogateur, Grace avala une autre bouchée.

— Je suis sérieux, reprit-il. Peut-être Gilmore cherche-t-il à s'assurer que nous respectons ses consignes de travail ?

Elle se tapota les lèvres avec une serviette en papier.

— Il le verra lorsque nous lui soumettrons nos plans définitifs. Dans trois semaines. Je ne vois aucun mystère dans tout ça.

— Peut-être… Mais peut-être pas.

— Que veux-tu dire ? Que notre cohabitation dans la Grande Remise est un plan bien ourdi ?

— Ça se peut…

— Et même si c'est le cas ? Nous sommes les deux qu'il a choisis. C'est ce qui compte.

Colin repoussa son assiette et s'accouda à la table.

— D'accord. Mais pourquoi seulement nous ? Pourquoi ici ?

— Pourquoi pas ? rétorqua-t-elle. Nous sommes les meilleurs !

— Mais… pourquoi pas une autre personne de H et H ?

Le visage de Grace se rembrunit.

— Toi aussi, tu t'y mets ? demanda-t-elle.

— Que veux-tu dire ?

Elle lui décocha un regard exaspéré.

— Je me suis battue de toutes mes forces pour que mon père m'attribue ce contrat à décrocher. Seulement tout le monde pense qu'il m'a été servi sur un plateau, parce que je suis la fille du grand Harrington ! Même mon père ne croit pas vraiment en mes capacités.

L'air soudain pensif, Colin soupesa les propos de Grace. Que ses collègues crient au népotisme, rien d'étonnant. Mais son propre père ? Lui qui pensait que le ciel, la lune et les étoiles n'avaient d'autre raison d'être que de déverser leur flot de lumière sur Grace, la prunelle de ses yeux ! C'est en tout cas l'impression qu'il avait retirée de son unique entretien avec Eugène Harrington.

— Au diable tes collègues ! dit-il enfin. Ils sont jaloux de ton talent et de ta beauté. Et ils t'en veulent parce que tu seras leur patron, un jour.

Grace se leva, se dirigea vers l'évier et commença à faire la vaisselle.

— Merci de tes compliments, dit-elle d'une voix un peu sèche. Mais si je suis leur patron, je veux que ce soit en raison de mes qualités, et non de mes privilèges.

Colin se leva à son tour, prit un torchon et essuya une assiette.

— Je sais que tu y parviendras, assura-t-il.

— J'y arriverai si je remporte ce contrat.

Colin posa sur la table l'assiette qu'il venait d'essuyer. Quand il se retourna, Grace lui en tendait une autre.

— Hélas pour toi, c'est moi qui vais le remporter, objecta-t-il.

Le bonheur d'une personne à qui il devait beaucoup dépendait de son succès, songea-t-il. Il ne pouvait envisager de la décevoir.

— Crois ce que tu veux, McGrath !

La voix de Grace était légère, confiante, nota-t-il. Comment aurait-elle deviné que, pour lui, ce contrat représentait bien plus qu'un défi professionnel ?

— En fait, reprit-elle, tu pourras dormir sur tes deux oreilles jusqu'à demain après-midi. A ce moment-là, j'aurai terminé les plans du rez-de-chaussée.

Cause toujours ! se dit Colin. Il remporterait ce contrat ! Revers de la médaille, cela vaudrait à Grace Harrington une énorme déception. Une déconvenue liée à lui, une nouvelle fois. Cette pensée lui serra le cœur mais il n'en montra rien. Au contraire, il sourit d'un air effronté et lança son torchon sur le comptoir en annonçant :

— Mon rez-de-chaussée à moi est déjà prêt…

L'air réprobateur, Grace prit le torchon et le plia soigneusement en deux avant de le suspendre au portant du four. Puis, sans prononcer un mot, elle éteignit la lumière, ne laissant à Colin que la clarté de la lune.

— Bonsoir, dit-elle en quittant la cuisine.

— A demain, Gracie.

Il entendit craquer une marche tandis qu'elle commençait à monter l'escalier.

— N'y compte pas ! rétorqua-t-elle par-dessus son épaule. Quand tu te réveilleras, je serai sortie depuis longtemps.

Pas sûr ! songea Colin. Parviendrait-il seulement à s'endormir ? Il en doutait, et pour cause. Un dilemme de taille le tenaillait : qui avait-il le devoir de rendre heureux ? Une femme qui l'aimait et à laquelle il devait la vie, ou bien une femme qui ne l'aimerait jamais et n'attendait rien de lui ?

En effet, quoi qu'il fasse, quoi qu'il dise, jamais Grace ne lui offrirait son cœur, raisonna-t-il. Pour se venger de cette pensée démoralisante, il tira sur un coin du torchon, et rompit le parfait équilibre que la jeune femme lui avait imposé.

Grace en était à son troisième café, sans résultat : impossible de se réveiller. Sous ses yeux traînait le message que Leonard avait rédigé de son écriture impeccable :

« M. Harrington souhaite que vous lui fassiez parvenir chaque jour des fax de vos plans, ainsi qu'un rapport détaillé de l'avancement des plans de la concurrence. »

Il était 9 heures du matin, et elle avait passé la nuit à tourner et virer dans son lit. Une nuit ponctuée encore et encore du souvenir ensorcelant du baiser échangé sur la Corniche.

Finalement, elle s'était assoupie à l'aube et, quand enfin elle s'était décidée à gagner l'atelier pour travailler, elle avait découvert le message de son père. Déjà prêt à la chaperonner, à vérifier son travail ! A faire passer ses directives, même par l'intermédiaire du maître d'hôtel.

Le message n'exigeait pas de réponse, mais Grace eut soudain envie de le faire. Elle avait besoin de se relier à quelque chose de familier, même si c'était la voix froide d'Eugène Harrington. En fait, dans cette maison inconnue, elle se sentait isolée. Perdue.

Elle composa le numéro de téléphone de son père sur son portable. A la seconde sonnerie, elle sourit en entendant l'accent du Sud de Hannah Dumont.

— Salut, Hannah ! lança-t-elle.

A l'autre bout du fil, la gouvernante éclata d'un rire joyeux.

— Ma chérie ! Je viens de découvrir que tu es repartie dans le Rhode Island pour quelques semaines !

Grace sourit. Sa vieille Hannah savait toujours où elle se trouvait, et mettait un point d'honneur à le faire savoir. Comme si l'une de ses tâches essentielles, chez les Harrington, consistait à aimer et protéger Grace, remplaçant ainsi sa mère, absente la plupart du temps.

— Comment vas-tu, Hannah ?

— Nous allons tous bien. Ton père est là, mais ta mère est partie pour Vancouver hier.

— Vancouver ? Mais... ne rentre-t-elle pas juste de Virginie ?

— Les Murray-Smith marient leur fille à Vancouver, et ils tenaient à ce que ta mère y soit...

— Ça, c'est mère tout craché, soupira Grace.

Même si ses parents n'avaient plus rien en commun depuis longtemps, jamais ils n'avaient envisagé le divorce. Cela ferait scandale dans la famille Harrington ! Sa mère avait trouvé la solution : voyager et voyager encore, tandis que son père se plongeait corps et âme dans les affaires. Leurs vies s'organisaient autour de pôles sans rapport avec leur foyer, laissant bien souvent derrière eux une petite fille solitaire.

— Père est occupé ? demanda-t-elle.

— Il est dans son bureau. Je te le passe.

Pendant que Grace attendait, elle aperçut par la fenêtre l'arrière de la Porsche bleue de Colin qui descendait vers la grille. Où allait-il à cette heure, un dimanche ? Déjeuner avec son amie ?

La voix tonitruante de son père la tira de ses réflexions.

— Grace, quel est le rapport du jour ?

Cela faisait longtemps qu'elle ne s'attendait plus à aucune cajolerie paternelle. Pourtant, devant son indifférence affective, elle éprouva la déception habituelle.

— Père, je ne suis à Edgewater que depuis hier, donc...

— Ne laisse pas ce McGrath prendre de l'avance sur toi. J'ignore ce qu'il mijote, mais je sais une chose : ça plaît à Gilmore.

Beaucoup, même. C'est tout ce que j'ai pu lui soutirer comme information.

Et si elle révélait à son père ce que Colin « mijotait » ? La tentation l'effleura l'espace d'un instant, mais elle se ravisa.

— Les idées de Colin ne m'inquiètent pas outre mesure, dit-elle.

C'était vrai. En revanche, elle ne pouvait en dire autant de son visage, de son corps, de ses cheveux, de sa bouche… Sa bouche dont le souvenir l'avait gardée éveillée presque toute la nuit.

— Nos plans ont plu à Gilmore, affirma-t-elle. L'idée de reproduire à l'identique le chef-d'œuvre détruit, plutôt que le remplacer par une construction similaire.

— En tout cas, il n'a pas été séduit au point de signer le contrat d'emblée… Il demande que nous adoucissions notre projet. Qu'entend-il par là ? Pas la moindre idée ! Tu as parlé à ce McGrath de ses plans ?

Une fois de plus, Grace rechigna à parler avec sincérité. Comme chaque fois que son père la mettait sous pression, elle eut envie de lui dire ses quatre vérités. Elle n'osa pas, cependant, comme d'habitude.

— Très peu… Je ne crois pas que nous allons beaucoup nous voir. Il… il garde ses distances.

— C'est mauvais, ça ! Apprends à le connaître. Et visite les manoirs que Gilmore a cités.

— Je visite The Breakers et Rosecliff cet après-midi, assura-t-elle.

— Bien. Ensuite, améliore les plans et envoie-nous tes idées par mail. Nous travaillerons dessus au cabinet.

Comme d'habitude ! songea Grace avec dépit. Il ne pouvait envisager d'utiliser ses idées sans les remanier.

— Tu sais que Jack Browder meurt d'envie de te remplacer sur ce projet ?

Après les conseils, les menaces ! ricana-t-elle en son for intérieur. Son père ne résistait pas à la tentation de lui faire miroiter les conséquences d'une possible insoumission. Bien entendu, elle n'ignorait rien de la campagne menée par Browder pour être l'architecte en chef responsable du projet Edgewater.

— Il n'a pas fait mystère de ses ambitions, dit-elle d'une voix sèche.

— Sa candidature présente des avantages, il faut le reconnaître. Un homme parviendrait peut-être mieux à s'entendre avec McGrath ? En tout cas, fais des efforts pour découvrir ce qu'il essaie de vendre à Gilmore.

Grace pinça les lèvres. Son père ne ratait jamais une occasion de regretter tout haut qu'elle soit née femme.

— Col… McGrath n'est pas très communicatif, murmura-t-elle. Même le charme de Jack Browder ne lui soutirerait aucune information.

— Je fais une partie de golf avec lui dans une heure. Nous en discuterons. En attendant, travaille sur tous les fronts. Je veux ce contrat, Grace !

— Moi aussi.

Il n'y avait rien à ajouter. Froissée, Grace raccrocha après les formules d'usage. Avec un soupir, elle se tourna vers l'écran de son ordinateur mais elle ne voyait qu'une chose : l'arrière de la voiture de Colin. Où était-il parti ?

Et pourquoi cela lui importait-il ?

Excédée, elle éteignit son ordinateur et décida de se rendre à la visite guidée de The Breakers. Avant que Browder ne lui chipe sa place à Edegewater…

En longeant le corridor pour rejoindre sa chambre, elle remarqua la porte entrouverte de celle de Colin. Elle ne résista pas à la tentation d'y jeter un regard curieux. Ses yeux tombèrent sur le lit défait, les draps froissés, l'empreinte de la tête de Colin sur l'oreiller.

Les questions se bousculèrent dans son cerveau. Quel effet cela lui ferait-il de se réveiller une nouvelle fois à côté de Colin ? Et lui ? Cela l'exciterait-il comme hier soir, quand ils s'étaient embrassés ? Se montrerait-il tendre ? Pressé ? Brutal ?

De nouveau, elle se sentit fondre mais se contraignit à rejoindre sa propre chambre.

Pas question de se laisser aller ! se fustigea-t-elle. Elle avait une tâche à accomplir. Son père n'avait-il pas été très clair à ce sujet ? Plutôt mourir que de laisser cet arriviste de Browder prendre sa place et « s'entendre » avec Colin McGrath !

Si quelqu'un devait « s'entendre » avec Colin, c'était elle. Et personne d'autre !

Gracie Harrington faisait tout avec une précision systématique, raisonna Colin. En conséquence, puisqu'elle avait cité les manoirs à visiter dans un certain ordre, il avait la quasi-certitude qu'elle respecterait cet ordre : The Breakers, puis Rosecliff. Pour terminer par The Elms.

Il n'aimait pas du tout The Breakers, avec son absurde opulence, typique de la Renaissance, et ses hordes de touristes extatiques. Rosecliff était donc à ses yeux un bien meilleur endroit pour retrouver Grace.

Le vaste manoir s'érigeait à l'écart de Bellevue Avenue et jouissait d'une vue époustouflante sur l'océan. Colin choisit un endroit discret, devant la façade, près d'une fontaine abondante qui se déversait dans un bassin. Sa position lui donnait une vision imprenable sur les groupes de visiteurs qui arrivaient les uns après les autres.

Tout en attendant, il étudia les lignes nettes de cette version miniature du Trianon. Il examina les pierres blanches et les rangées de portes-fenêtres qui se découpaient contre le ciel bleu de septembre. Son œil d'architecte observa les détails classiques de la façade, les colonnes ioniques, les fenêtres à la française.

Ici, tout était raffinement, classicisme, élégance. Et correspondait comme deux gouttes d'eau à… Gracie.

Ses pensées dérivèrent malgré lui. Gracie s'abandonnant à son baiser… Gémissant de plaisir sous la caresse de sa langue… Reconnaissant avec simplicité que sa carrière à venir dépendait de l'obtention du contrat Edgewater.

Il soupira. Sans le vouloir, il replongeait dans la spirale de pensées qui l'avaient empêché de dormir une grande partie de la nuit.

Cela dit, son insomnie n'avait pas eu que des côtés négatifs. Au petit matin, il avait élaboré un plan. Un plan qui prendrait du temps et de l'énergie. Cependant, s'il réussissait, Gracie aurait ce qu'elle voulait. Et lui aussi.

L'astuce consistait à la rendre amoureuse. Oh ! pas de lui ; il savait la chose impossible. Bref, s'il parvenait à la passionner pour une autre version d'Edgewater, ils y gagneraient tous les deux. Tel était son but, dorénavant.

Un but à sa portée. Beaucoup plus que l'espoir qu'il avait nourri d'être le premier amant de Grace. Il en mourait d'envie, bien sûr, mais pas avec une femme qui faisait rimer sexe avec amour. Pas question ! Le sexe, c'était le sexe. L'amour, c'était… stupide.

Sa pensée se tourna un moment vers son frère Quinn. Il s'était fiancé ces derniers jours et s'apprêtait, par amour, à changer de vie. Peut-être avait-il oublié ce qui se passe, quand on aime quelqu'un ? Grand bien lui fasse ! Mais lui n'oubliait pas, et son frère aîné Cameron non plus.

Non ! Sexe et amour s'excluaient l'un l'autre. Tant que Gracie associerait les deux, il ne pourrait être son homme. L'amour, c'était une affaire de rêveurs. Il avait appris cela avant de savoir lire et écrire.

L'arrivée de Grace à la grille d'entrée centrale, avec un petit groupe de visiteurs, le tira de ses réflexions. Une tension familière s'empara de tout son corps. Avec ses cheveux blonds relevés sous une casquette de base-ball, un pull passe-partout et un pantalon kaki, elle avait l'air d'une touriste anonyme.

Elle ne pouvait cependant tout à fait cacher sous cet attirail anodin ses courbes féminines et la subtile élégance de sa silhouette. Tandis qu'elle marchait, ses petits seins ronds bougeaient sous son pull à chaque pas.

Colin inspira une goulée d'air, et la regarda poursuivre une discussion animée avec un autre visiteur. Vivre avec l'excitation qu'elle provoquait en lui, il le pouvait, songea-t-il. Après tout, les hommes vivent cela au quotidien. Par contre, l'espèce de souffrance qui étreignait son cœur à la pensée de Grace l'inquiétait. Elle l'avait empêché de dormir une partie de la nuit et, en ce moment même, il la ressentait encore.

Comme le groupe se dirigeait vers l'entrée du manoir, Colin se précipita vers le guichet, acheta un billet, et rejoignit les touristes. Le jeune guide fit un petit exposé sur les premiers propriétaires de Rosecliff, avant d'expliquer que *Gatsby le magnifique* avait été tourné dans cette maison. Les visiteurs ouvrirent de grands yeux et regardèrent de tous côtés, comme s'ils allaient voir apparaître Mia Farrow et Robert Redford.

Colin se glissa à pas feutrés derrière Grace, qui étudiait un trompe-l'œil. Il se pencha vers elle et lui murmura à l'oreille :

— Tu ne penses pas à ça pour Edgewater, au moins ?

Au son de la voix de Colin, elle sursauta et ferma les yeux, l'empêchant de lire dans ses pensées. Que cachait-elle ? se demanda-t-il. Son bonheur ? Sa contrariété ?

Enfin, elle rouvrit les yeux, le regarda et s'enquit :

— Que fais-tu ici ?

Il sourit et posa la main sur son bras.

— Je te suis. J'en sais beaucoup plus sur ce manoir que ce guide inexpérimenté. Laisse-moi te conduire.

— Comment se fait-il que tu connaisses Rosecliff ?

— J'ai fait une étude sur ce manoir, pour mon mémoire final : Psychologie de l'habitat. J'ai d'ailleurs obtenu la note maximum.

Tout en parlant, il la guida vers le célèbre escalier en forme de cœur, tandis que l'ensemble du groupe prenait la direction opposée.

— En fait, je ne déteste pas du tout ce manoir, dit-il en atteignant les marches de marbre blanc. Il est un peu monumental, mais le propriétaire avait du goût. Pourtant, ajouta-t-il en désignant l'endroit d'un geste de la main, il n'y a rien de très osé dans tout ça, du point de vue architectural. Rien qui n'ait été fait des millions de fois depuis le XVIIe siècle.

Grace leva les yeux au ciel d'un air indulgent et repoussa sa casquette. Pour la première fois de la matinée, Colin eut une vision nette de son visage. Elle ne portait aucun maquillage, mais l'éclat de ses yeux verts irradiait ses traits. Une légère ombre sous ses paupières inférieures lui donna une précieuse indication : elle avait aussi mal dormi que lui. Une brusque envie de l'embrasser l'envahit.

— Que ferais-tu de différent, monsieur l'avant-gardiste ? demanda-t-elle.

Colin parcourut l'espace du regard.

— Rien.

— Rien ? Même pas une verrière au rez-de-chaussée, avec un sol en béton pour représenter le…

— Rien ne me plaît davantage que de voir à quel point tu connais mon travail, l'interrompit-il avec un large sourire.

Les joues de Grace s'empourprèrent.

— Il… il est de mon devoir de me tenir informée de ce que font mes concurrents directs, expliqua-t-elle.

A cet instant précis, la décision d'emmener Grace visiter Willow House s'imposa à Colin. Le moment était venu. Il prit sa main et l'entraîna vers la sortie.

— Allons-nous-en, dit-il.

— Mais… je n'ai pas fini ma visite !

— Tu n'as pas besoin de cette visite, Gracie. Si tu veux savoir ce qui anime ton concurrent le plus direct, laisse-moi te présenter quelqu'un qui m'est très cher.

Comme ils franchissaient la grille de Rosecliff, elle leva les yeux vers Colin et demanda d'un ton taquin :

— Tu parles de l'amie avec qui tu as dîné hier soir ?

— Oui. J'espère que tu l'aimeras autant que moi.

Le sourire de Grace s'effaça instantanément.

6.

La voiture décapotable de Colin rendait toute conversation impossible et cela arrangeait Grace. Elle concentra toute son attention sur le feuillage rouge et mordoré des arbres, sur les piétons qui flânaient le long des trottoirs. Tout pour ne pas penser à la femme qu'elle s'apprêtait à rencontrer.

Maintenant, elle comprenait pourquoi Colin avait interrompu leur baiser, la veille au soir sur la Corniche : il était amoureux d'une fille du coin. Et s'il souhaitait tant obtenir le contrat Edgewater, c'était pour la voir plus souvent !

Elle avait un moment songé à refuser de la rencontrer, mais n'aurait-elle pas paru mesquine ? Suivant la suggestion de son père, elle avait plutôt choisi de ménager sa relation avec Colin. Après tout, Jack Browder, lui, n'aurait sans doute vu aucun inconvénient à rendre visite à la petite amie de son concurrent ! Pendant tout le trajet, elle se raccrocha à cette pensée.

Juste après l'hôpital de Newport, Colin se gara dans une rue adjacente, en face d'une élégante maison en brique, aux proportions très harmonieuses. Grace en tira la conclusion qui s'imposait : sa petite amie était riche. A moins qu'elle ne vive encore chez ses parents ? La maison se situait au sommet d'un tertre, entourée d'une luxuriante pelouse sur laquelle s'élevait une dizaine de magnifiques saules pleureurs.

— Voici Willow House, annonça Colin en ouvrant la portière de Grace.

Elle contempla un instant la belle façade. Puis :

— C'est là que… vit ton amie ?

Le visage soudain mélancolique, Colin répondit :

— Pour le moment. Je crains qu'elle ne demeure pas long-temps ici.

Grace fronça les sourcils.

— Pourquoi pas ?

— Parce que cette maison, c'est l'antichambre de Dieu. Et ma grand-mère fera bientôt partie des élus.

Interloquée, Grace digéra l'information.

— Ta… Je me souviens t'en avoir entendu parler. N'est-ce pas elle qui vous a élevés, toi et tes frères ?

Colin lui prit la main et l'entraîna vers la maison.

— Tu parles de Gram McGrath, la mère de mon père. Tandis que Marguerite Deveraux, à qui nous rendons visite, est ma grand-mère maternelle.

La voix de Colin était tendue. Alors qu'ils avançaient dans l'allée, Grace eut un pressentiment. Elle posa sa main sur le bras de son compagnon et demanda :

— Où est ta mère ?

La pomme d'Adam de Colin monta et descendit le long de sa gorge.

— Pas la moindre idée. Je ne l'ai plus vue depuis le jour où elle nous a quittés, quand j'avais trois ans.

La révélation glaça Grace, mais Colin ne lui laissa pas le temps d'exprimer quoi que ce soit. Il ouvrit la porte de la maison et, la main posée au creux de ses reins, poussa la jeune femme dans le hall d'entrée.

L'intérieur la surprit. Un bureau de réception, comme on en voit dans les hôpitaux, occupait la plus grande partie du hall. Quelques chaises s'alignaient le long d'un des murs et un vieux divan leur faisait face, adossé à l'autre mur.

Cependant, la femme assise à la réception les accueillit avec un sourire si lumineux que Grace oublia tout le reste.

— Colin ! s'exclama-t-elle. Marguerite sera si heureuse que vous soyez revenu ! Pendant que je la coiffais, ce matin, elle n'a pas cessé de me parler de vous et de la soirée d'hier.

Colin prit les deux mains tendues de la jeune femme et l'embrassa sur la joue.

— C'est votre gentillesse qui fait le bonheur de ma grand-mère, Vera.

Après avoir présenté Grace, il poursuivit :

— Pourrions-nous passer quelques instants avec elle ?

Vera se leva.

— Je vais voir. La dernière fois que j'y suis allée, elle dormait.

Quelques minutes plus tard, elle était de retour.

— Vous avez de la chance ! Elle est réveillée. Je lui ai dit que vous étiez avec votre petite amie, ajouta-t-elle en souriant. Ça l'a ragaillardie.

Grace ouvrit la bouche pour rectifier, mais Colin ne lui en laissa pas l'occasion. Il la saisit par la main avec fermeté et l'entraîna.

— Allons-y, Gracie. C'est par là.

Dès qu'ils eurent quitté le hall d'entrée, la demeure ressembla de nouveau à une vraie maison. Parquet ciré, lumières tamisées, tableaux apaisants. Seule une main courante le long des murs trahissait les besoins des résidents.

Arrivé à la porte numéro 7, Colin tourna vers Grace un regard chaleureux et l'avertit :

— Ma grand-mère a pour ainsi dire perdu la vue. Mais elle entend très bien.

Puis il frappa à la porte et l'entrouvrit doucement :

— Marguerite, c'est moi, annonça-t-il d'une voix tendre.

Les rideaux étaient tirés et une seule lampe, posée sur la table de chevet, éclairait la chambre. Un petit bout de femme aux cheveux blancs semblait perdue dans le grand lit, la tête appuyée sur de moelleux coussins de dentelle.

La vieille dame tourna la tête vers la porte. Même dans la pénombre, Grace vit le visage ridé s'éclairer d'un sourire radieux.

— Quelle merveilleuse surprise ! s'exclama-t-elle d'une voix ténue.

Colin contourna le lit et s'assit sur le rebord. Il se pencha vers sa grand-mère, déposa un baiser sur son front et annonça :

— Je te présente Grace Harrington. Elle est architecte, et elle travaille avec moi sur Pineapple House.

Grace sursauta et lança à Colin un regard réprobateur.

Le sourire de la vieille dame s'accentua encore. Elle prit les mains de la jeune femme entre ses mains osseuses et tavelées, à la peau infiniment fine et douce.

— Colin a dû vous dire que vous aidez à réaliser le rêve d'une mourante… Merci beaucoup, mon petit…

— Tu n'es pas mourante ! protesta Colin.

— Oh que si…

Puis, se tournant vers Grace :

— Rapprochez-vous, que je vous regarde de plus près.

Grace se pencha, et la main ridée se posa sur sa joue. Les yeux clos, la vieille dame caressa avec douceur le visage qui s'offrait à elle.

— Vous avez de bons os, conclut-elle avec plaisir. Vous êtes très jolie.

Souriante, Grace mit sa main sur celle de Marguerite.

— Merci, dit-elle. Vous aussi.

La vieille dame rit d'un air modeste et ajouta :

— Et vous aimez mon cher Colin ?

Grace roucoula :

— La plupart du temps.

Ses yeux rencontrèrent le chaud regard plein d'espoir de Colin. Elle le rassura d'un sourire. Pour rien au monde elle ne troublerait la paix intérieure de sa charmante grand-mère.

— C'est bien, répliqua Marguerite. Que pensez-vous de Pineapple House, mon petit ?

Grace se mordit la lèvre et contempla les yeux éteints posés sur elle. Les mêmes que ceux de Colin, remarqua-t-elle. Plus vieux, plus faibles, voilés par l'âge, mais la ressemblance demeurait frappante.

— C'est… c'est une idée intéressante, hasarda-t-elle.

— Oh ! c'est beaucoup plus qu'une idée intéressante ! protesta Marguerite de sa voix fluette. Avez-vous admiré ces merveilleuses gravures ? Elles sont…

Une quinte de toux l'interrompit et l'obligea à clore les yeux.

— Voulez-vous un verre d'eau ? proposa Grace.

Marguerite secoua la tête. Elle inspira et reprit le fil de sa pensée :

— Je vais bien… J'espère seulement vivre assez longtemps pour voir Pineapple House reconstruite. Je suis la dernière survivante des Rebelles de la Restauration. J'aimerais arriver au paradis avec la bonne nouvelle à propos de notre manoir préféré.

Les Rebelles de la Restauration ? Grace nageait en pleine confusion. Elle implora Colin du regard.

— Euh… avoua-t-elle, je n'ai jamais entendu parler de ces…

Marguerite poussa un profond soupir.

— Nous étions une bande de filles bruyantes qui aimions bien faire des vagues. La respectable Société de Préservation du patrimoine nous détestait cordialement, mais nous n'en avions cure ! Avec moins d'argent, nous avons obtenu beaucoup !

La vieille dame tourna la tête vers Colin.

— Je suis si fière de ce que tu fais pour moi. Je t'ai souvent ennuyé avec cette histoire, depuis que tu m'as retrouvée…

Depuis qu'il l'avait retrouvée ? se répéta Grace. C'était à n'y rien comprendre.

Colin prit la main de sa grand-mère entre les siennes, et la porta à ses lèvres. Pour une obscure raison, ce geste d'amour embua les yeux de Grace.

— Je suis déterminé à tenir ma promesse et à payer mes dettes envers toi, assura-t-il.

Marguerite inspira avec difficulté, et lui offrit un pâle sourire.

— Tu ne me dois rien, mon chéri, protesta-t-elle. Mais je n'ai aucun doute sur ta volonté de reconstruire Pineapple House pour moi. Ensuite, tu pourras m'y enterrer.

Une nouvelle quinte de toux l'empêcha de poursuivre.

Grace se leva pour chercher un verre d'eau. Lorsqu'elle revint, Marguerite avait fermé les yeux.

Colin se leva et ramena la couette blanche sous le menton de sa grand-mère.

— Elle s'est endormie au milieu d'une phrase ! expliqua-t-il.

Déposant le verre sur la table de chevet, Grace contempla la femme endormie.

— Ta grand-mère est une personne délicieuse, dit-elle.

— Elle a presque quatre-vingt-treize ans. Je doute qu'elle vive assez longtemps pour voir la reconstruction de Pineapple House.

A ce mot, il adressa à Grace un clin d'œil complice.

— A ce sujet... Merci de ne pas m'avoir contredit devant elle.

— Et pourtant, tu as menti.

Sans répondre, il se pencha vers sa grand-mère et déposa un baiser sur son front. La tendresse du geste remua Grace jusqu'au tréfonds d'elle-même. Qui aurait cru ce motard, cet iconoclaste, ce rebelle de McGrath, capable d'un tel amour pour une vieille grand-mère ? Une Rebelle de la Restauration, avait-elle dit ? Certains gènes ont la vie longue, décidément !

Soudain, son cœur se glaça. Si elle remportait le contrat Edgewater, le souhait de cette charmante vieille dame mourante ne se réaliserait jamais. Etait-ce pour cette raison que Colin avait organisé cette rencontre avec la « femme qu'il aimait » ? Pour l'influencer ?

La vérité la frappa tout à coup de plein fouet : une jeune fille sexy aurait peut-être été moins dangereuse que cette grand-mère frêle et malade.

— C'est du chantage ! Et la loi le défend !

La réaction de Grâce ne surprit pas Colin. Il s'y attendait. Sans tiquer, il engagea la Porsche dans Ocean Drive, une des plus belles avenues de Newport.

— Il n'existe pas de loi interdisant de rendre visite à une vieille dame, que je sache, releva-t-il en changeant de vitesse. De toute façon, elle pense que tu es ma petite amie.

— Encore un mensonge, rétorqua Grace en détournant la tête. Où vas-tu ? Ce n'est pas la route de Rosecliff.

— J'adore Ocean Drive.

Il ne mentait pas, mais ce n'était pas la raison pour laquelle la Porsche dévalait la splendide avenue. S'il avait reconduit Grace à Rosecliff, elle aurait pris sa voiture et aurait disparu jusqu'au soir. Or, il voulait avoir l'occasion de parler avec elle, de semer dans son cerveau les graines de son plan.

Il gara la voiture le long du trottoir, devant une vue imprenable : un vaste panorama de rochers, de vagues écumantes et de ciel.

— Que fais-tu ? demanda-t-elle.

— Du tourisme. Pour moi, Ocean Drive, c'est la version Est de la côte californienne.

Grace négligea le spectacle et suggéra d'un ton sévère :

— Si tu me parlais de ces Rebelles de la Restauration ?

Pourquoi pas ? songea Colin. Le sujet lui permettrait d'introduire son plan en douceur.

— C'était un groupe de femmes haut en couleur de Newport, formé dans les années quarante. Elles appartenaient à la classe moyenne, et sont restées soudées jusqu'à ce que la mort les sépare. Leur ambition était d'arrêter la destruction systématique des vieilles maisons coloniales de la ville, qui n'ont jamais été aussi respectées que les manoirs du XIXe siècle. Ceux qui attirent les touristes et remplissent les caisses de Newport... Plusieurs de ces femmes avaient des ancêtres qui remontaient jusqu'au tout début des années 1700.

— C'est le cas de Marguerite ?

Colin sourit au souvenir de ses discussions avec sa grand-mère.

— Non, dit-il. Mais elle partageait leur cause. Et elle aimait les défavorisés de la vie.

— Ont-elles remporté des succès ?

— Certaines fois, bien qu'elles aient été moins influentes que la puissance Société pour la préservation du patrimoine.

— Quel rapport tout cela a-t-il avec Edgewater et Pineapple House ?

— Quand le tonnerre a frappé Edgewater, Marguerite était ravie. Elle y a vu l'œuvre de quelque ange rebelle ! Sans elle, jamais je n'aurais postulé auprès de Gilmore. J'avais refusé plusieurs des invitations d'Adrian à participer à la compétition. Mais il y a une dizaine de jours, je suis venu ici pour rendre visite à ma grand-mère. Elle était tout excitée, et m'a montré des gravures étonnantes. J'ai alors téléphoné à Gilmore pour poser ma candidature. Il s'est mis à rire, comme s'il avait toujours su que je finirais par accepter ! Et en fait, c'est devenu un de mes projets les plus chers.

Grace tourna vers Colin son regard vert étincelant et menaça :

— Sache que je ne me laisserai pas manipuler. Même par compassion pour ta charmante grand-mère. Je déteste la manipulation. J'en suis l'objet chaque jour de la part de mon père. Et si je remporte ce contrat, j'aurai enfin une chance de me soustraire à son influence.

— Qui parle de manipulation ? Ma motivation est grande, c'est tout.

Si le plan conçu la nuit dernière aboutissait, Grace l'accuserait-elle aussi de manipulation ? se demanda Colin.

Elle ferma les yeux, laissant le soleil inonder son visage. Au bout d'un moment, elle regarda Colin de biais.

— Que voulait dire ta grand-mère en disant que tu l'as retrouvée ? demanda-t-elle.

Il songea au jour où, cinq ans auparavant, il avait frappé à la porte de la maison d'une vieille dame nommée Marguerite Deveraux. Et aux pleurs qu'elle avait versés lorsqu'il s'était présenté.

— Ma mère et ma grand-mère n'ont jamais été très proches, expliqua-t-il. Elles avaient un contentieux. Ma mère a quitté sa famille très jeune. Elle a vécu sur la côte Atlantique quelques années, jusqu'à sa rencontre avec mon père qu'elle a suivi à Pittsburgh. Là, ils se sont mariés et ont eu trois enfants. Mon père a fait tout son possible pour stabiliser ma mère, mais en vain. Un jour, elle est partie, et nous ne l'avons jamais revue.

Colin prononça cette dernière phrase à toute allure. Comme pour s'en débarrasser. Puis, d'un geste de la main, il sembla balayer le sujet.

— Tout ça, c'est de l'histoire ancienne. Il y a cinq ans, j'ai fait des recherches sur Internet au sujet de ma famille maternelle. Je suis tombé sur le nom de Marguerite. Nous nous sommes rencontrés et appréciés. Fin de l'histoire.

— Pour quelle raison ta mère vous a-t-elle quittés ?

Colin fit une grimace. Grace n'avait-elle pas compris ? Il venait pourtant de clore le sujet.

— Je ne sais pas, répondit-il à contrecœur.

— Ton père ne te l'a pas dit ? Ni tes frères aînés ?

Feignant une indifférence qu'il ne ressentait pas, il haussa les épaules.

— Nous ne parlons jamais d'elle. Tout ce que je sais, c'est qu'elle fréquentait un mouvement féministe. Un jour, elle a franchi notre porte, et nous n'avons plus jamais eu de ses nouvelles.

— Non !

La réaction d'incrédulité totale de Grace n'étonna pas Colin. Il en avait l'habitude. En général, les gens pensaient une femme incapable d'abandonner ses enfants.

— Il doit y avoir une explication, poursuivit-elle. Ton père était-il… brutal ?

Ce n'était pas la première fois qu'il entendait ce type de supposition. Cependant, il savait James McGrath incapable de la moindre violence physique ou émotionnelle.

— Mon père a un cœur en or. Il a mis un point d'honneur à nous élever avec décence, et nous a fait faire des études.

— Tes frères savent que tu as retrouvé Marguerite ?

— Oui. Ils l'aiment aussi. Chacun d'entre nous se débrouille comme il peut avec la défection de notre mère.

— Toi, comment l'envisages-tu ?

Colin secoua tristement la tête.

— Un jour, j'ai surpris une conversation entre deux amies. L'une d'elles disait à l'autre : « Tout allait bien, jusqu'à l'arrivée du troisième. Trois enfants, c'est trop. Ça me fait disjoncter. »

Les deux mains crispées sur le volant, il fixa l'horizon et poursuivit :

— Tu imagines aisément l'effet qu'a produit sur moi cette remarque…

Emue, Grace posa sa main sur l'avant-bras de Colin et protesta d'une voix douce :

— Tu n'es pas responsable de l'abandon de ta mère !

Il tourna la tête vers elle.

— Disons les choses comme ça : depuis que j'ai retrouvé ma grand-mère et qu'elle m'a longuement parlé de ma mère, je me sens moins coupable. Elle m'a aidé à comprendre beaucoup de choses. Je lui en suis redevable. C'est à mon tour de lui prouver mon amour.

Grace le contempla d'un air pensif.

— Ce qui nous ramène à notre conversation de départ. Tu me fais du chantage pour que je me retire de la compétition.

— C'est faux !

— Si ce n'est pas pour que je me rétracte et te laisse reconstruire Pineapple House, pourquoi m'as-tu fait rencontrer ta grand-mère ?

Etendant la main, Colin caressa du pouce le menton de Grace.

— Je ne vais pas reconstruire Pineapple, dit-il simplement.

Le cerveau soudain en ébullition, elle le contempla un instant sans comprendre.

— C'est toi qui le feras, poursuivit-il. Je souhaitais que tu parviennes toi-même à cette conclusion. Mais au diable la stratégie !

— Je n'en ai pas la moindre intention ! s'exclama-t-elle. C'est ton idée folle, et celle de ta grand-mère ! Pas la mienne.

La main de Colin s'égara sur la nuque de Grace.

— Je t'en prie, prends le temps de la réflexion.

La caresse discrète lui brûlait littéralement la peau. Elle essaya de se dégager de son emprise.

— Ramène-moi à ma voiture, exigea-t-elle.

Colin mit le moteur en marche et passa la marche arrière.

— D'accord, dit-il. Mais il faut d'abord que nous déjeunions.

Grâce ne se sentait pas la force de s'exposer aux dangers d'un moment en tête à tête avec Colin.

— Je… je n'ai pas faim, affirma-t-elle.

— Pourtant… Lenny nous a préparé un pique-nique.

Elle lui lança un regard furibond.

— Quoi ! Tu avais déjà tout organisé ?

— On peut toujours rêver, plaisanta-t-il.

— Ramène-moi à Rosecliff !

Avec un haussement d'épaules, Colin s'engagea dans Ocean Drive.

— Dommage pour toi ! Lenny a préparé une mousse au chocolat.

— Ça, c'est du pur chantage !

Colin lui donna un petit coup de coude.

— Allez, Gracie, sois gentille. Viens avec moi visiter Hunter House.

— Hunter House, le meilleur exemple d'architecture coloniale du milieu du XVIIIe siècle, récita-t-elle avec emphase.

Colin se mit à rire.

— Exactement ! Tu as toujours été une brillante étudiante !

— Qu'en sais-tu ? Nous n'avons jamais assisté aux mêmes cours !

Et pour cause ! songea-t-elle. Elle avait pris grand soin de l'éviter.

Il se pencha vers elle et lui tapota le genou.

— J'ai suivi tes progrès, dit-il.

Au contact de sa main, Grace frémit. En même temps, elle ressentit une intense satisfaction.

— Pour quelle raison ? demanda-t-elle d'un ton qu'elle voulait neutre.

— Il le fallait, répliqua-t-il en changeant de vitesse.

Sur ce, il prit un virage à la corde et poussa une pointe de vitesse. Comme il ralentissait et prenait la direction de la ville ancienne, elle feignit d'ignorer que ce n'était pas la direction de Rosecliff.

— Tu n'as pas répondu à ma question, remarqua-t-elle au bout d'un moment.

Souriant, Colin se gara entre deux voitures. Puis il se tourna vers Grace et demanda :

— Tu sais ce que je préfère, à Hunter House ?

Elle ne se sentait pas prête à abandonner le sujet. Cependant, d'un autre côté, elle craignait de paraître trop s'y intéresser.

— Pas la moindre idée…

— Eh bien… Au fin fond du domaine, il existe un endroit très tranquille, derrière un mur de pierre. Plein d'arbres, avec une herbe très douce… et surtout, pas âme qui vive.

Le corps soudain en alerte, Grace répliqua d'un ton crispé :

— Vraiment ?

Colin sortit de la Porsche, ouvrit la portière de sa passagère puis prit dans le coffre la glacière et un plaid.

— C'est un endroit superbe et secret à la fois, expliqua-t-il.

Ebahie, Grace contemplait glacière et couverture. Quand Colin avait-il mis sur pied ce pique-nique ?

Presque immédiatement, l'heure ne fut plus aux questions. En effet, il lui adressa son sourire le plus envoûtant, et déclara d'une voix irrésistible :

— C'est l'endroit idéal pour te parler du béguin que j'éprouvais pour toi à l'université.

7.

Ils avaient dévoré les délicats sandwichs au poulet, fait un sort à la salade de fruits et englouti les petits pots de mousse au chocolat préparés par Lenny. Tout cela sans que Colin n'abordât le sujet de son béguin pour Grace.

Tandis qu'il parlait de Hunter House et des différents aspects de l'histoire de Newport, qu'ils dissertaient sur les subtiles nuances du style colonial géorgien pendant la Révolution, Grace ne perdait pas de vue la petite phrase de Colin.

« Le béguin que j'éprouvais pour toi à l'université. »

Il n'évoqua pas davantage la possibilité qu'elle se charge de reconstruire Pineapple House. Peut-être plaisantait-il en le lui proposant ?

Pour sa part, une seule et unique chose l'intéressait : le béguin de Colin pour elle, au temps de l'université…

Repue grâce aux soins de Lenny, détendue par la conversation facile avec Colin, elle s'allongea sur le plaid. Elle ferma un moment les yeux, le visage exposé aux doux rayons du soleil automnal filtrant à travers le feuillage mordoré des érables. Combien de temps s'écoulerait-il avant que Colin revienne au sujet brûlant qui la passionnait ?

Tournée sur le côté, la tête posée sur un bras, elle l'observa. Les jambes allongées devant lui, appuyé sur ses avant-bras musclés, il paraissait aussi décontracté qu'elle. A regarder son corps si souple, comme sculpté dans la pierre, elle ressentit une onde de désir.

Se lover dans ses bras forts, songea-t-elle. Mêler ses jambes aux siennes…

Mâchant un brin d'herbe, les yeux fixés sur la ligne du toit de Hunter House, il dit soudain :

— Le simple concept de cette Allée de la Veuve me donne des frissons.

Encore l'architecture ! gémit Grace intérieurement. Quand cela s'arrêterait-il ? Elle suivit son regard et commenta :

— Les femmes avaient une telle angoisse de ne pas revoir leurs capitaines… Elles guettaient leur retour depuis ces allées…

— Tant de marins ne sont jamais revenus, soupira Colin.

— C'est ce qui a donné son nom si triste à cette maison par ailleurs parfaite.

Colin se tourna vers elle et lui sourit. Les petites rides qui plissèrent ses yeux la firent craquer.

— Tu aimes ? demanda-t-il.

Sa question se référait bien sûr au style de la maison. N'empêche, l'espace d'une seconde elle crut qu'il parlait de lui, de ses yeux rieurs. La réponse fusa dans son esprit : elle aimait beaucoup. Beaucoup trop !

— Il faut que je voie l'intérieur, répondit-elle d'un ton sobre.

Elle prit aussitôt conscience de l'ambiguïté de sa réponse à ses propres yeux. Car Colin aussi, elle avait envie de le connaître de l'intérieur. Pour comprendre, par exemple, comment un homme rebelle et complexe tel que lui pouvait se montrer si tendre envers une grand-mère mourante. Pour toucher les cicatrices qu'avait laissées dans son cœur une mère insensible. Pour vérifier que son attrait physique n'avait d'équivalent que sa richesse intérieure.

— Nous la visiterons plus tard, dit-il.

Puis, étendant la main, il effleura la joue de Grace et poursuivit :

— Parlons plutôt de Carnegie Mellon.

Enfin ! songea-t-elle.

— A toi de commencer ! dit-elle d'une voix faussement désinvolte.

Avec un petit rire, Colin se rapprocha un peu d'elle. Son corps parallèle au sien, il adopta la même position qu'elle, la tête appuyée sur un bras. Une chaleur qui ensorcela Grace irradia aussitôt de lui.

— Tu me plaisais beaucoup, dit-il simplement. Ça t'étonne ?

Elle était bien plus qu'étonnée ! Ravie. Excitée. Le cœur battant.

— Un peu…

— Et toi ? Je te plaisais aussi ?

Elle lui lança un regard hésitant.

— Je crois ne pas avoir fait mystère de mes goûts, une certaine nuit, dit-elle.

— Oui. Seulement, ce soir-là, tu n'étais pas en possession de… toutes tes facultés.

L'euphémisme fit rire Grace malgré elle.

— Ne dit-on pas que la vérité éclate lorsqu'on est ivre ?

Sans répondre, Colin lui adressa un sourire si chaleureux qu'il lui tourna la tête comme un bon vin.

— Je me rappelle très bien la première fois que je t'ai vue, Gracie.

Le cœur de la jeune femme bondit dans sa poitrine.

— Moi aussi. Nous étions dans la partie de la bibliothèque consacrée à l'architecture.

— Tu portais un pull vert foncé, qui donnait à tes yeux une couleur…

Colin fit une pause et chercha un instant ses mots :

— Une couleur merveilleuse.

Il se souvenait des vêtements qu'elle portait ? Grâce allait de surprise en surprise. Toutefois, à y bien regarder, cela n'avait rien d'étonnant. Un architecte a forcément le sens de l'observation. D'ailleurs, elle-même se souvenait aussi très bien de ce qu'il portait ce jour-là. Depuis son pull aux manches retroussées, jusqu'à ses chaussures en suédine marron. Une queue-de-cheval, et un petit anneau d'or à l'oreille, déjà…

— Tu lisais un livre, reprit-il. Mais tu es restée une heure à la même page.

La précision et la douceur des souvenirs de Colin contenaient pour Grace davantage de saveur que la délicieuse mousse au chocolat de Lenny.

— Je n'arrêtais pas de trouver des prétextes pour me rapprocher de l'endroit où tu étudiais, poursuivit-il. Et quand enfin, au bout d'une quinzaine d'allers et retours, tu as levé les yeux vers moi, tu m'as souri !

Grace s'en souvenait comme si c'était hier. Elle respirait encore l'odeur de papier qui régnait dans la bibliothèque, et ressentait les pics d'excitation qu'elle avait éprouvés chaque fois qu'il se rapprochait d'elle. Chaque fois qu'il la dévorait du regard.

— Tu as répondu à mon sourire, lui rappela-t-elle.

De nouveau, Colin lui adressa un regard dont la chaleur, l'intimité, la fit fondre. Le temps sembla s'évanouir et elle sentit des papillons dans son estomac.

— Tu sais ce que je pensais, à l'époque ?

Incapable de répondre, elle secoua la tête.

— Je pensais que tu étais une déesse. Belle, éthérée. Inaccessible.

Le bras qui soutenait la tête de Grace se mit à trembler.

— Oh ! murmura-t-elle.

Colin se pencha un peu vers elle et, la regardant dans les yeux, demanda :

— Sois honnête, maintenant. Dis-moi ce que *toi*, tu ressentais.

— Tu étais le garçon le plus sexy que je connaisse.

104

Dès qu'elle eut prononcé cette phrase, Grace roula sur le dos et se mit les mains sur les lèvres. Comment avait-elle pu dire une chose aussi… audacieuse ?

En un mouvement rapide, Colin se retrouva au-dessus d'elle. Leurs corps se touchaient presque. Elle sentit la chaleur de ses cuisses, de son torse, la douceur de son haleine près de sa bouche.

— C'est ce que tu pensais ? demanda-t-il d'une voix rauque.

Pour ne plus le voir de si près, Grace ferma les yeux. Puis elle rit de nouveau et dit :

— C'était évident longtemps avant que je devienne très… familière, la nuit des courses.

— Nous nous sommes beaucoup vus, cette année-là. Avant que nous… Avant.

Grace lui sut gré de ne pas insister.

— J'essayais toujours de me trouver aux mêmes endroits que toi, avoua-t-elle. Je n'avais que dix-huit ans, tu sais…

— Alors, comme ça, tu m'aimais bien ?

Au bas mot ! songea-t-elle. Elle décocha à Colin un sourire qu'elle jugea niais, et déclara dans la foulée :

— J'avais un sacré béguin !

— Moi aussi, j'avais un sacré béguin, dit-il avec un rire teinté d'émotion.

Il enfouit son visage dans le cou de Grace. Ce geste doux et érotique la fit fondre de plus belle.

— En fait, poursuivit-il d'une voix voilée, j'avais envie de t'embrasser chaque fois que je t'apercevais. Pendant quatre ans. Et toi, tu avais le même désir ?

L'embrasser ? A la vérité, elle avait eu envie de beaucoup plus que cela, reconnut-elle en son for intérieur.

— Oui, répliqua-t-elle sobrement. Mais toi, tu n'aimais que les filles délurées.

— C'est le passé, murmura-t-il en déposant un baiser sur la joue de Grace. Maintenant, je n'aime que les filles sages.

De toutes ses forces, elle résista à la tentation de lui passer les bras autour du cou pour l'attirer contre elle.

— A l'époque, tu pouvais avoir toutes les filles que tu voulais, remarqua-t-elle à mi-voix.

— Faux ! Je ne pouvais pas avoir Grace Harrington.

— Tu ne m'as jamais invitée à sortir, ne m'as jamais montré le moindre intérêt. Sauf cette nuit-là. Et ce n'était pas la réalité.

— Pour moi, c'était très… réel.

La douceur de la voix de Colin la fit presque gémir.

— Quand je suis arrivé dans la salle de bal, ce soir-là, et que je t'ai vue, j'ai eu du mal à y croire. Grace Harrington daignait se mélanger à nous ! Tu avais un verre à la main, et une drôle d'étincelle dans le regard. J'avais enfin ma chance, acheva-t-il avec un sourire.

— J'étais à cette soirée à cause d'un pari avec une amie, avoua-t-elle. Elle en avait tellement assez de m'entendre parler de toi, qu'elle m'a mise au défi de te rencontrer et de t'adresser la parole !

Colin fronça les sourcils.

— Pourquoi as-tu tellement bu, à cette soirée ? demanda-t-il.

— Pour trouver le courage de te parler.

— Allons donc ! Qui espères-tu tromper ? Je ne faisais pas le poids dans ton milieu, et tu le sais très bien.

Pour mieux voir Colin, elle recula de quelques centimètres.

— Qu'est-ce que tu racontes ? protesta-t-elle. C'est toi qui sortais avec un groupe qui ne connaissait même pas mon existence !

Pour mettre entre eux une distance de sécurité, Colin reprit sa position, appuyé sur son bras.

— Et ton groupe à toi m'ignorait délibérément ! rétorqua-t-il.

— Que veux-tu dire ?

— Tu sors d'un milieu aristocratique, et moi d'un milieu populaire, s'il faut mettre les points sur les i.

La note de résignation dans le ton de Colin la frappa.

— Pour moi, le milieu social, ça ne fait pas de différence, expliqua-t-elle calmement. Ça ne m'aurait pas empêchée d'accepter, si tu m'avais invitée !

— Mais moi, ça m'a empêché de te le proposer.

Grace le regarda bien en face. Elle eut soudain envie de se montrer aussi honnête que lui.

— C'était stupide de ta part ! Tu aurais dû m'ôter de ce piédestal où tu m'avais placée, et m'inviter à sortir avec toi. Ça aurait évité tout le gâchis de cette fameuse nuit des Buggy Races. Qui sait ce qui se serait passé entre nous ?

— Il ne se serait rien passé.

Rien ? Grace regretta aussitôt son propre accès de sincérité.

— Comment… comment le sais-tu ?

Il se pencha de nouveau vers elle, et huma la fraîcheur de son parfum.

— J'aurais mis un terme à tout cela avant que l'inévitable ne se produise.

— L'inévitable ?

— Tu m'aurais brisé le cœur, Grace Harrington.

Frappée par la profondeur de la peine tapie au fond des beaux yeux de Colin, elle reprit :

— Qu'est-ce qui te fait croire ça ?

— Parce que je n'aurais pas été capable de m'arrêter.

— T'arrêter de quoi ?

Il lui caressa la joue et répliqua :

— De tomber amoureux de toi.

Grace ferma les yeux. Quand elle les rouvrit, il était toujours là, très proche, l'air sérieux. Sans y réfléchir à deux fois, elle effleura d'un doigt sa lèvre inférieure si masculine et demanda :

— Qu'est-ce qui te fait croire que je ne serais pas tombée amoureuse, moi aussi ?

Les yeux de Colin s'assombrirent, ses lèvres s'entrouvrirent. Grace sentit tout son corps se tendre dans l'attente du baiser qu'ils s'apprêtaient à échanger. Il n'en fut rien, cependant. Rompant brusquement le charme, Colin roula sur le côté et sauta sur ses pieds.

— Il est temps de rentrer, Gracie, dit-il d'un ton neutre.

Encore allongée, Grace se sentit soudain dévalorisée, comme si Colin avait retiré le plaid de sous son corps, l'abandonnant dans la poussière.

Comme la veille, Colin prévint Leonard qu'il dînerait dehors et disparut en fin d'après-midi. Esseulée, Grace se réfugia dans l'atelier, avec l'intention de travailler. Or, au lieu de dessiner, elle se surprit à rêvasser.

Difficile de croire que, dix ans plus tôt, Colin et elle avaient éprouvé les mêmes sentiments cachés l'un pour l'autre ! Encore plus curieux, pourquoi s'était-il persuadé qu'elle lui briserait le cœur, et non l'inverse ?

En l'absence de réponse convaincante, elle revint à ses croquis pour la reconstruction d'Edgewater, à la recherche de l'inspiration.

A sa surprise, une sorte de dégoût s'empara d'elle, au fur et à mesure qu'elle les étudiait d'un œil critique. Les idées qu'elle avait soumises à Adrian Gilmore n'étaient pas vraiment les siennes. Bien entendu, elle faisait partie de l'équipe qui les avait élaborées mais, en fait, elles appartenaient à son père, à Jack Browder, et à la quinzaine d'architectes qui travaillaient ensemble au sein de H et H.

Que concevrait-elle, si on lui laissait vraiment la bride sur le cou ? se demanda-t-elle.

De nouveau, son esprit dériva. Si on lui laissait la bride sur le cou, elle prendrait le beau visage de Colin entre ses mains et l'embrasserait. Elle déferait le lien de cuir qui retenait ses cheveux, les laisserait tomber sur ses épaules et enfouirait les doigts dans cette masse sombre et souple. Elle chevaucherait ce corps ferme et musclé et lui offrirait…

Sa sonnette d'alarme interne retentit. La bride sur le cou ? Le pire des dangers qui la menaçaient !

Reprenant sa respiration, Grace feuilleta son bloc de dessin jusqu'à une page vierge et se força à imaginer un autre Edgewater. Plus doux. De proportions plus humaines.

Mais de nouveau, son esprit fut assailli d'images de Colin, toutes plus séduisantes les unes que les autres.

Effarée, elle se posa mille questions sur son propre compte. Qu'était-il advenu de la jeune femme qu'elle croyait être ? Celle qui conservait sa virginité pour le grand amour ? Pourquoi cette sensualité soudaine, ce revirement spectaculaire auquel sa raison ne pouvait rien ?

Elle sursauta au son de quelqu'un qui se raclait la gorge. Se retournant, elle vit Leonard sur le seuil de l'atelier, une tasse dans une main, une enveloppe dans l'autre.

— Désolé de vous déranger, dit-il. Je vous apporte un peu de thé.

Le visage du maître d'hôtel était sérieux, remarqua Grace, mais une étincelle malicieuse brillait au fond de son regard. Si elle l'interrogeait, peut-être pourrait-il lever un peu le voile sur les motivations profondes de Gilmore en faisant reconstruire Edgewater ? Cela l'aiderait à adapter ses plans au plus près des désirs du milliardaire.

Elle se leva pour prendre la tasse des mains de Leonard, et lui offrit un siège :

— Restez un moment, voulez-vous ? Je ne vous ai pas encore félicité pour la forêt-noire et la mousse au chocolat.

Attentif au pli soigné de son pantalon, Leonard s'assit, l'air modeste et plein de gratitude.

— Merci beaucoup. J'adore faire la cuisine. En fait, je suis davantage le cuisinier que le valet de M. Gilmore, même si je m'efforce de lui donner satisfaction dans tous les domaines.

— Avec tout ce chocolat, je m'étonne qu'Adrian ne soit pas obèse !

Leonard se mit à rire.

— Je ne lui prépare des gourmandises que le week-end. En fait, il observe une grande discipline personnelle.

— C'est sans doute grâce à elle qu'il a si bien réussi… Il a une quarantaine d'années, je crois ?

— Il aura quarante ans l'année prochaine. J'espère qu'il se rangera, alors…

Grace lui adressa un sourire par-dessus le rebord de sa tasse de thé.

— Vous croyez ? demanda-t-elle. On dit qu'il est très… coureur.

L'air conspirateur, Leonard lui rendit son sourire et nuança son point de vue :

— C'est exact. Cependant, il croit au grand amour, donc il reste un espoir de le voir s'assagir.

Grace réprima un soupir mélancolique.

— Le grand amour, répéta-t-elle. Est-ce que ça existe ?

Les sourcils de Leonard se soulevèrent.

— Il faut y croire ! Il vous tombera dessus au moment le plus inattendu. A propos, ajouta-t-il, M. McGrath m'a demandé de vous remettre ceci.

Dissimulant la curiosité qui la tenaillait soudain, Grace prit l'enveloppe qu'il lui tendait.

— Je doute que cela ait un rapport avec mon travail, dit-elle. Lui et moi avons des approches très différentes concernant Edgewater.

— C'est précisément la raison pour laquelle M. Gilmore tenait à vous avoir tous les deux ici. L'été dernier, il m'a dit que vous seriez les finalistes et que le choix ne serait pas facile pour lui.

110

L'été dernier ? Colin ne lui avait-il pas raconté qu'il n'avait accepté de concourir qu'au tout dernier moment ?

Avant qu'elle ne trouve un moyen habile de se renseigner davantage, Leonard se leva pour se retirer. Déçue, Grace se résigna à attendre une autre occasion pour découvrir les éventuelles manœuvres de Gilmore.

Elle lança un regard à sa montre et s'exclama :

— Déjà 10 heures ! Je me demande à quelle heure Colin va rentrer.

Grace regretta aussitôt sa phrase.

— Mais... il est de retour, mademoiselle.

De nouveau, elle perçut dans l'œil du maître d'hôtel une lueur malicieuse.

— J'ai entendu sa voiture dans l'allée, poursuivit-il. En revanche, il n'est pas rentré dans la maison. Il fait sans doute un tour dans la propriété.

Dès qu'il eut quitté l'atelier, Grace ouvrit l'enveloppe. A l'intérieur, elle trouva des feuillets recouverts de fins dessins tracés à la main. En haut de la première page, d'une écriture stylisée, était écrit : « Pineapple House, 1743. Architecte inconnu. »

En dessous s'élevait la façade équilibrée d'une exquise maison coloniale, avec sa traditionnelle Allée de la Veuve, et son toit élégant. Et bien sûr, au-dessus de la porte d'entrée, le dessin délicatement gravé d'un ananas, symbole de la demeure.

En architecte passionnée, Grace admira les lignes pures de la maison, les fenêtres rectangulaires, sans fioritures. Une question la taraudait : pourquoi Colin tenait-il à ce qu'elle voie ces gravures ?

Le détail des douze pages était stupéfiant. Les dessins incluaient un large hall d'entrée, un escalier avec une magnifique rampe de bois de rose et des lambris de toute beauté dans les seize pièces de la maison. La dernière page ne comportait aucun dessin. En revanche, il y avait un texte rédigé d'une belle écriture soignée, intitulé *Biographie d'une maison disparue*.

Pineapple House avait été construite par un prospère capitaine de marine marchande. Au cours de ses cent ans d'existence, elle avait reçu des hôtes illustres, tels qu'un général de la guerre d'Indépendance, un sénateur, et le gouverneur de Rhode Island. Le texte répertoriait les nombreux naissances et décès qu'avait abrités la maison, et donnait des détails précis au sujet des tableaux et d'objets en étain de Newport.

L'ensemble avait disparu au moment de la destruction de la maison.

Comment avait-on pu détruire un tel emblème de l'histoire des Etats-Unis ? se demanda Grace. Atterrée, elle trouva la réponse sans problème : c'était l'œuvre de son arrière-arrière-grand-père !

Laissant son thé refroidir, elle se replongea dans l'examen des dessins jusqu'à ce que sa question initiale revienne la hanter. Pourquoi Colin lui avait-il fait parvenir ces gravures ? Pour attiser son intérêt et la pousser à reconstruire Pineapple, au lieu d'Edgewater ? Pour toucher son âme d'architecte ?

Quelle que soit la réponse, le moment était venu pour eux d'avoir une conversation sérieuse. Elle voulait comprendre les motivations de Colin, et aussi lui révéler l'indiscrétion involontaire de Leonard, qui levait un coin de voile sur les agissements mystérieux de Gilmore. Plus que tout, elle voulait…

L'espace d'un instant, Grace s'interdit de développer sa pensée. Elle enrageait contre elle-même : une fois de plus, son imagination prenait le pas sur sa raison. Oh, et puis après tout, pourquoi ne pas admettre les faits ? se demanda-t-elle au bout d'un moment. Plus que les motivations profondes de Colin, plus que la reconstruction de toutes les maisons du monde, ce qui l'intéressait, c'était un long baiser fiévreux, qui scellerait leur béguin mutuel vieux de dix ans.

Etait-elle en train d'enfreindre ses sacro-saints principes ?

Sans prendre le temps d'approfondir la question, Grace descendit à l'étage au-dessous. Comme la porte de la chambre de Colin était ouverte, elle y jeta un coup d'œil. Personne. Il se trouvait probablement encore dans le parc.

Elle dévala l'escalier jusqu'au rez-de-chaussée, attrapa un plaid au passage, s'en enveloppa et sortit sous la véranda. Là, elle scruta la vaste pelouse d'Edgewater.

Où était-il ?

A sa gauche, la lune voilée de nuages éclairait un coin de pelouse : l'emplacement originel de Pineapple House. Se fiant à la clarté de la lune et à son instinct, elle se dirigea vers un bosquet de vieux chênes. Ils avaient survécu à la fois à la destruction de Pineapple House, cent vingt ans auparavant, et au feu qui venait de ravager la propriété.

Sans faire de bruit, le cœur battant, elle s'approcha de la masse sombre des arbres vénérables. Elle savait pourquoi elle se trouvait là, pourquoi elle cherchait Colin dans le noir. Elle le savait même très bien. Lui, le comprendrait-il ?

Elle s'arrêta dans l'obscurité et tendit l'oreille. Rien ne bougeait. On n'entendait pas le moindre criquet et aucune brise ne soufflait. Pas la moindre trace de Colin.

— Tu as aimé les dessins ?

La voix profonde la fit sursauter. Ses yeux suivirent la direction d'où elle s'élevait et s'accommodèrent à la pénombre. Puis elle l'aperçut enfin, assis sur l'herbe, le dos appuyé à un arbre. L'attendait-il ?

Elle se laissa tomber à genoux près de lui.

— Beaucoup, répondit-elle. La maison est magnifique.

Colin étendit la main, caressa la joue de Grace et approcha son visage du sien.

— Toi aussi…, murmura-t-il.

Il l'embrassa, en murmurant son nom.

D'un geste souple, il passa les bras autour de la taille fine de Grace et l'attira contre lui.

Il était aux anges. Ne pensait-il pas justement à Gracie, au moment où elle avait surgi ? Ne rêvait-il pas de la tenir dans ses bras ? De l'embrasser ? Et voilà qu'il l'étreignait. Sa déesse. Son fantasme.

Elle se lova contre lui, noua les bras autour de son cou et posa la tête contre son torse. Un geste encore plus intime qu'un baiser, songea-t-il. Une preuve de confiance totale.

— Fais-moi penser à partager davantage de dessins avec toi, murmura-t-il en souriant. J'aime ta façon d'y réagir.

Une étincelle dans le regard, elle lui rendit son sourire.

— C'est toi qui m'as embrassée le premier !

— Et tu me l'as bien rendu !

— Je ne suis qu'un pauvre être humain, Colin…

Il ferma les yeux et, pour dissimuler les réactions incontrôlables de son corps, changea légèrement de position.

— Moi aussi, je ne suis qu'un pauvre être humain, comme tu dois le sentir…

Grace frémit entre ses bras. Attention, danger ! songea-t-il aussitôt dans la brume de son désir. Ne surtout pas se laisser déborder par ses pulsions, dans cette situation inattendue. Le moment était romantique en diable, et pouvait très vite se transformer en un piège où il perdrait tout.

Sans un mot, elle se fondit contre lui et tendit ses lèvres pour un autre baiser. Leurs langues se mêlèrent en un tendre ballet, qui enflamma le sang dans les veines de Colin. A ce train-là, il ne tiendrait pas longtemps. Il lutta de son mieux contre lui-même, empêchant ses mains d'explorer le corps parfait blotti contre le sien. De toute sa volonté, il résista à l'envie de s'abandonner au rythme naturel et primitif qui régit l'union d'un homme et d'une femme.

Or, son désir se montrait têtu. Après tout, se dit Colin, si Gracie était venue jusqu'à lui, l'avait embrassé, le tenait entre ses bras, pressait ses seins contre son buste, elle devait s'attendre à ce qu'il succombe assez vite.

Et pourtant, il devait tenir ! lui soufflait une petite voix dans sa tête. Elle était vierge, sans expérience, et ne se doutait pas un instant de la torture à laquelle elle le soumettait. Il avait donc le devoir de dominer la situation. Fort de cette conviction, il prit une profonde inspiration et, au prix d'un immense effort, la repoussa de quelques centimètres.

Cependant, tenaillé par le besoin de savoir, il demanda d'une voix douce :

— Que voulais-tu, en me rejoignant ? Parce que si…

Ne pas avouer la crudité de son désir ! songea Grace. Ne pas perdre de vue son idéal. Elle pensait amour. Eternité. Engagement. Colin ne pouvait rien lui offrir de tout cela.

Pour tenter de faire diversion, elle s'enquit :

— Pourquoi voulais-tu que je voie ces croquis ?

— Pour pouvoir t'embrasser.

Elle sourit mais insista :

— Réponds-moi !

Davantage maître de son corps, Colin s'autorisa à passer un bras autour de Grace.

— Ne les trouves-tu pas étonnants ?

— Magnifiques. D'où viennent-ils ?

— La dernière amie de Marguerite appartenant au groupe des Rebelles de la Restauration est morte il y a quelques mois. Elle les lui a légués par testament. Ils sont restés cachés dans un grenier pendant plus de cent ans. Un artiste inconnu les a faits au moment où Pineapple House devait être détruite, au profit d'Edgewater.

Colin savourait la chaleur de Grace entre ses bras.

— Qu'as-tu fait, ce soir ? demanda-t-il.

— J'ai travaillé.

— Vraiment ?

— En fait, j'ai plutôt rêvassé.

— A quoi ?

Une petite hésitation, puis Grace se lança :

— A toi.

— A moi ? Pas très inspirant…

— Tu as raison ! Je n'ai abouti à rien ! Sauf que… j'ai eu avec Lenny une conversation très intéressante.

— Ah bon ?

— Il se pourrait que tu aies raison, à propos de Gilmore. Pendant l'été, il nous a cités auprès de Lenny comme les finalistes de son appel d'offres. Etonnant, tu ne trouves pas ? Tu m'as bien dit que tu n'avais posé ta candidature qu'au dernier moment ?

— Oui. Mais pendant des mois, Adrian a insisté pour que McGrath Inc. participe au concours. J'étais flatté, mais jusqu'à ma conversation avec Marguerite au sujet de Pineapple House, je n'avais pas la moindre intention de concourir.

Il sentit Grace se lover contre lui avec volupté.

— Tu savais que j'allais participer ?

— Je me doutais que ça intéresserait H et H.

— C'est pour ça que tu ne voulais pas participer ?

— C'est une des raisons…

— Tu ne voulais pas me rencontrer ?

— Pas vraiment.

Elle observa un long silence. Puis :

— Pourquoi ?

— N'avons-nous pas évoqué le béguin que j'avais pour toi ?

— Tu… tu ne l'as plus ?

Elle semblait si incertaine, si effrayée à l'idée d'entendre la vérité ! nota Colin. Et pourtant, il n'avait que cela à lui offrir.

— Je l'ai toujours autant, dit-il.

— Moi aussi, murmura-t-elle en levant le visage vers lui.

Sans prévenir, elle s'empara des lèvres de Colin, et l'emporta dans un baiser haletant.

Colin murmura son nom. Sa main glissa vers le décolleté de son pull : il caressa son cou, la chair délicate de sa gorge. Il bouillonnait de désir et sa virilité se tendit, mettant sa maîtrise de soi à rude épreuve.

Il essaya de la repousser un peu, mais elle s'accrocha à lui. Puis, se laissant tomber sur le dos, elle l'entraîna avec elle. Ils roulèrent sur l'herbe.

Colin jura entre ses dents. Il n'était pas un saint, bon sang !

— Tu me pousses à bout, mon chou, murmura-t-il d'une voix sourde.

Emporté par son désir, il caressa la peau chaude et satinée de Grace. Elle ferma les yeux et arqua son corps contre le sien.

Une sorte de lutte muette s'instaura alors entre eux. Les mâchoires de Colin s'étant contractées, elle les picora de baisers jusqu'à ce qu'elles se détendent. Comme il serrait ses cuisses l'une contre l'autre, elle glissa une jambe autour de sa taille. Refusant toujours de succomber à sa convoitise, il remit prudemment sa main sur la taille de Grace, mais elle arqua son corps, pour lui faciliter l'accès à ses seins.

Le cerveau de Colin sombrait dans la confusion. Ignorait-elle le tumulte érotique dans lequel chacun de ses mouvements provocants le plongeait ?

A bout de force, ponctuant chacun de ses mots de petits baisers fiévreux le long de la gorge de sa compagne, il l'avertit :

— Tu es vierge, mais tu connais quand même assez les hommes pour savoir que nous sommes des animaux. Impuissants à nous contrôler très longtemps, quand il s'agit de sexualité.

Un petit rire convulsa Grace. Le mouvement de son ventre contre le sien le fit gémir de désir. A la torture, il enfouit sa tête entre les seins de la jeune femme.

— Tu ne sais pas à quel point je te veux, chuchota-t-il d'une voix rauque.

Incapable de s'arrêter, il baisa longuement la chair entre les seins de Grace et effleura de la main, à travers la dentelle de son soutien-gorge, le renflement voluptueux qui s'offrait à lui.

— Je te veux, souffla-t-il de nouveau.

Grace sembla soudain suffoquer. Un son étranglé sortit de sa gorge, puis elle se dégagea de l'étreinte de Colin.

— Excuse-moi, dit-elle d'une voix éraillée.

Elle resta un instant allongée près de lui. Leurs hanches ne se touchaient plus, mais la fièvre entre eux demeurait palpable.

— Je ne connais pas bien ce genre de… situation, reprit-elle enfin. Mais je ne suis pas idiote. Je sais très bien ce que je suis en train de faire.

Puis elle s'assit et secoua ses cheveux pour en faire tomber les brindilles.

— Ce n'est pas bien. J'arrête.

Qu'y avait-il de mal à faire ce que leur instinct réclamait ? songea Colin, le corps douloureux. Mais bien sûr, ce n'était que son point de vue personnel. *Elle* attendait autre chose. Le grand amour.

— Ce n'est pas ainsi que tu veux perdre ta virginité, constata-t-il d'une voix douce. Pas sur l'herbe, sous les étoiles.

Il passa un doigt sur les lèvres gonflées de baisers de Grace.

— Je ne suis pas l'homme auquel tu veux t'offrir, acheva-t-il.

Un dépit mélancolique le gagna. Gracie se donnerait à un autre. L'heureux élu ne serait pas comme lui, un être incapable de s'engager.

Elle ne répondit pas. Les jambes flageolantes, elle se leva et s'entoura les épaules de son plaid.

— N'en sois pas si sûr, Colin McGrath, dit-elle enfin.

Sur ce, les bras serrés autour d'elle-même, elle s'éloigna à grandes enjambées en direction de la Grande Remise.

8.

Grace tremblait en entrant dans sa chambre. Que lui arrivait-il ? se demanda-t-elle. Perdait-elle la raison ? Il existait un mot très précis pour qualifier les femmes qui se comportaient comme elle venait de le faire. Un vilain mot : allumeuse.

Hésitant entre une douche et un bain, elle se dirigea vers la salle de bains. Un regard à son reflet dans le miroir la figea sur place. Qui était cette femme ? Certainement pas Grace Harrington !

Ces lèvres sombres et gonflées, ces joues empourprées, ces pupilles dilatées… Sans parler de ces cheveux en désordre, où traînaient encore quelques brins d'herbe ! Elle passa la paume de sa main sur son visage, et se remémora la sensation érotique de la peau râpeuse de Colin contre la sienne.

« Je te veux », avait-il dit. Au souvenir de cette phrase, elle ressentit une sorte de brûlure entre les cuisses, une faim inassouvie. Ses bras et ses jambes étaient gourds, ses seins pointaient, douloureux, avides des caresses de Colin.

Et pourtant… elle n'avait pas eu la moindre intention de l'aguicher. Ni de réagir avec ardeur à sa présence. Elle s'était laissé emporter par le désir qui émanait de lui…

« Je te veux. »

Ces trois mots resteraient à jamais gravés dans son esprit.

Avec un haussement d'épaules, elle chassa cette pensée. Etaient-ce ces mots qu'elle attendait, pour s'abandonner dans le lit d'un homme ? Certes pas !

Cependant, quelque chose la troublait. Elle se contempla dans le miroir, et se posa enfin la vraie question, celle qui la rongeait au fond d'elle-même : qu'attendait-elle de la vie ? Quelqu'un de mieux que Colin ? Dans ce cas, elle pouvait attendre longtemps ! Existait-il un autre homme aussi maître de lui, capable de résister au torrent de désir qu'il éprouvait pour elle tout à l'heure ? En fait, elle le jugeait mal depuis le début ! reconnut-elle dans un éclair de lucidité. Celui qu'elle prenait pour un démon à cheveux longs, à boucle d'oreille, un rebelle chevauchant sa grosse moto, n'était pas du tout un... briseur de règle.

C'était au contraire un homme bon. Respectueux.

Une image de Colin en train d'embrasser sa grand-mère surgit dans son cerveau. Ce simple geste ne démontrait-il pas la tendresse de son âme ?

Entre Colin et elle, cependant, il ne fallait pas se leurrer. Il ne s'agissait pas d'amour, mais de désir pur et simple. Cette nuit, le désir était le plus fort ; il battait l'amour à plates coutures.

Se détournant du miroir, Grace se dirigea vers la commode, et ouvrit le tiroir du bas. Ses pulls y étaient rangés avec soin, par couleur et matière. Pour une fois, elle fureta sans précaution parmi ses vêtements, et tomba enfin sur ce qu'elle cherchait. Elle l'avait porté des centaines de fois en dix ans, en rêvant que Colin en caressait l'étoffe avant de le lui enlever.

Elle ôta son pantalon, son pull, son soutien-gorge et se planta devant le miroir. Elle contempla un instant son slip fonctionnel en satin blanc. Pas laid, mais rien à voir avec la lingerie en dentelle affriolante que portait son amie Allie. Parmi ses dessous, elle ne possédait rien de tel.

Dans ce cas, elle ne porterait rien ! décida-t-elle.

Nue devant le miroir, elle déplia lentement le vêtement en coton, en effleurant du doigt les lettres « Carnegie Mellon » incrustées dans le tissu. Elle se remémora le contact de l'étoffe, la première fois qu'elle l'avait porté.

Elle enfila le T-shirt — il lui arrivait à mi-cuisses — puis se lança un long regard dans la glace. Oui ! se dit-elle. Elle savait ce qu'elle voulait faire. Elle n'éprouvait plus aucun doute, aucune arrière-pensée, et n'aurait ensuite aucun regret.

— Je te veux…, murmura-t-elle à son tour.

En fait, elle n'avait jamais cessé de vouloir Colin. A présent, le moment était venu de reprendre les choses là où elles avaient été interrompues. Dix ans auparavant.

La douche glacée soulagea Colin. Qui eût cru Grace Harrington capable de torturer un homme au même titre que la plus sexy des danseuses du ventre ? Elle n'avait pas la moindre idée de l'effet qu'elle produisait sur lui, songea-t-il en secouant la tête.

Il referma le robinet de la douche et enroula une serviette autour de sa taille. Jamais il ne réussirait à dormir ! se lamenta-t-il. Ou s'il s'endormait aux petites heures du jour, ce serait d'un sommeil agité qui le laisserait au réveil insatisfait et déçu.

Comment vivre dans cette maison pendant les trois semaines à venir ? Tout en se brossant les dents, il envisagea les options à sa disposition.

Oh ! Elles ne manquaient pas ! Il pouvait passer son temps à prendre une douche glacée toutes les heures. Ou alors faire le siège de Grace, s'épuiser à essayer de la faire renoncer à ses valeurs strictes, pour une passade avec lui. Enfin, il pouvait choisir la première femme qui se présenterait, et imaginer qu'il s'agissait de Grace. Cette dernière possibilité lui donna la nausée.

Non, rien de tout cela ne présentait la moindre chance de succès. Quoi d'autre, alors ? Il fixa sa propre image dans le miroir.

Une pensée se forma dans son cerveau. A cette idée, la brosse s'immobilisa entre ses doigts, le dentifrice moussant autour de ses lèvres.

Il pouvait l'aimer. L'épouser. Passer le reste de sa vie avec elle.

Devant l'énormité de cette éventualité, il s'étouffa presque et cracha le dentifrice dans la vasque.

« Reviens sur terre, McGrath ! » s'enjoignit-il. A supposer qu'il effectue un revirement complet sur lui-même, et décide de tenter l'impensable, Grace s'enfuirait à la minute même où il lui montrerait la modeste maison dans laquelle il avait grandi, à Pittsburgh. Ils appartenaient à des milieux sociaux irréconciliables. Impossible de sortir de cette impasse.

De toute façon, sans même parler de ses origines modestes, son désordre chronique, sa façon de vivre désinvolte et brouillonne, la rebuteraient à coup sûr. Quittant la salle de bains, il se dirigea vers sa chambre, dénoua sa serviette de bain et la laissa tomber à ses pieds. Puis il se dirigea vers son lit. Dormir, alors que Grace se trouvait dans la chambre en face de la sienne ? Seulement vêtue de…

Colin se figea sur place au moment où il soulevait le drap pour se coucher. Quoi ? Gracie, dans son lit à lui ? Souriante et calme ? Ses sens le trahissaient-ils ?

Vêtue de son vieux T-shirt, portant l'inscription CMU de Carnegie Mellon.

Colin sentit sa bouche s'assécher. Nu comme un ver, il ne parvenait plus à faire un geste. Le temps et l'espace s'annihilèrent ; son cerveau ne fonctionnait plus. Quand enfin il se pencha un peu vers le lit, une goutte d'eau tomba de ses cheveux mouillés et roula le long de ses pectoraux. Rêvait-il ? Etait-il victime d'une hallucination ?

Non, se persuada-t-il. Gracie était bien réelle dans son lit. Allongée tout à fait à l'autre bout.

Lorsqu'il retrouva enfin l'usage de la parole, il s'efforça à l'humour :

— Tu t'es trompée de chambre, mon chou. Ici, c'est la mienne.

Ensuite, il se glissa entre les draps, pour dissimuler au regard de Grace l'effet qu'elle produisait sur lui.

— Je sais où je me trouve, répondit-elle.

Sans la toucher, Colin s'allongea et se mit sur le côté.

— Et... tu sais ce que tu es en train de faire ?

Les yeux grands ouverts, scintillants, elle hocha la tête.

Désarmé, il sentit sa virilité se durcir davantage. Que faire ?

— Joli T-shirt, commenta-t-il en désespoir de cause.

— Je suis venue te le rendre.

— Il était temps ! dit-il en souriant.

Contre toute attente, un sourire provocant aux lèvres, Grace rétorqua :

— Bien entendu, si tu veux le récupérer, il va falloir me l'enlever...

Le lui enlever ? Les tripes de Colin se contractèrent ; sa gorge se serra.

— Tu ne sais pas ce que tu es en train de faire, dit-il d'une voix rauque.

Les yeux de Grace se posèrent sur lui. Des yeux vert foncé, foncièrement honnêtes, mais embués de convoitise.

— Je le sais très bien, au contraire.

Elle étendit la main et enroula autour de l'un de ses doigts une mèche des cheveux mouillés de Colin.

— Je te veux, Colin McGrath. C'est toi que j'attends depuis tout ce temps.

Grace Harrington le voulait ? Lui ? Humour, maîtrise de soi, bonnes manières, toute la carapace de Colin s'évanouit, le laissant démuni.

— Tu en es sûre ? articula-t-il.

— Certaine.

Il ne parvenait pas à se convaincre. Elle croyait en être certaine, ce soir, mais demain, que penserait-elle ? Une fois la première ardeur passée, le désirerait-elle encore ? Que se passerait-il, si le regard de pur désir posé sur lui en ce moment s'évanouissait à jamais avec la perte de sa virginité ? Si elle le remplaçait par la cuirasse glaciale dans laquelle elle s'était réfugiée après leur première nuit ensemble ?

Pouvait-il prendre ce risque ?

Une nouvelle fois, il se contraignit à demander :

— Tu sais ce que tu fais ? Tu ne vas rien regretter, demain ? Me détester ?

Grace laissa échapper un petit rire surpris.

— C'est plutôt à moi de craindre ce genre de réaction de ta part…

— Tu n'as rien à craindre de moi, Gracie. Jamais je ne te haïrai. Je… je…

« Je quoi ? » s'interrogea-t-il.

Sans lui laisser le loisir d'aller au bout de sa pensée, Grace se glissa contre lui et l'entoura de ses bras. Le souffle court, il s'enivra de la sensation incroyable de ses jambes nues contre les siennes. Des jambes longues, soyeuses, qui s'enroulaient autour de lui.

Les mains de Colin coururent le long du dos de Grace, froissant le T-shirt, ce T-shirt qu'elle avait conservé pendant dix ans, jusqu'à ce qu'elles rencontrent la peau nue.

Elle ne portait rien en dessous, constata-t-il. Sa peau était si douce, si lisse, qu'il gémit en la caressant, en palpant les muscles fermes sous la peau satinée.

La faisant rouler sur le dos, il se plaça au-dessus d'elle, son poids réparti sur ses avant-bras. Prise au piège ! Mais non, se reprit-il. Il ne la brusquait pas. Au contraire, il lui avait donné plusieurs fois l'occasion de changer d'avis. Maintenant, il atteignait les limites de sa volonté.

— J'espère que tu sais ce que tu fais, dit-il d'une voix rauque, parce que je m'apprête à enfreindre une règle.

Elle planta son regard dans le sien, avec toujours la même petite étincelle provocante au fond des yeux.

— Les règles, j'en ai par-dessus la tête ! susurra-t-elle.

Colin s'empara de sa bouche avec plus d'emportement qu'il ne l'aurait voulu. Loin de s'effaroucher, elle aspira sa langue, et arqua son corps contre le sien. Elle exhalait une odeur de savon aux herbes et de shampooing au citron, à laquelle se mêlait la fragrance si caractéristique, si érotique, du désir féminin.

Il se reput de ces senteurs ; sa virilité s'érigea entre les jambes de Grace. A son contact, elle eut un petit mouvement de panique.

Empressé à ne pas trahir sa confiance, il la rassura d'une multitude de petits baisers sur le visage.

— N'aie pas peur, chuchota-t-il à son oreille. Je n'oublie pas que c'est ta première fois.

S'agenouillant au-dessus d'elle, il promit :

— Nous allons tout faire en douceur… Tu es ravissante dans ce T-shirt, mais il faut nous en débarrasser.

Joignant le geste à la parole, il souleva le bas du T-shirt, en remerciant le ciel de ne pas avoir fermé les volets. Il voulait la clarté de la lune. Voir Grace. Admirer chaque parcelle de son corps. Au fur et à mesure qu'il remontait l'étoffe, il découvrit le délicat triangle de poils blonds, puis le délicieux renflement de son ventre, la courbe voluptueuse de ses hanches, sa taille fine.

Sous le regard qui la dévorait, Grace tremblait de tous ses membres. Quand il leva les yeux vers elle, il lut sur son visage émerveillement et doute étroitement mêlés.

Tout à coup, il comprit. Personne encore ne l'avait contemplée comme il le faisait. Elle était toute à lui. Il inspira avec peine, souleva un peu plus le T-shirt et découvrit ses seins ronds et parfaits. L'eau lui vint à la bouche, et il passa le vêtement par-dessus la tête de Grace.

126

Lui ôtant le T-shirt des mains, elle le fit valser en travers du lit. Il tomba sur la moquette.

— Mais… j'ai créé un vrai petit monstre d'audace ! chuchota Colin à son oreille.

Il déposa de petits baisers fiévreux sur les paupières de Grace, sur ses joues, ses lèvres, le long de sa gorge.

Sans répondre, elle arqua son corps et, prenant la tête de son compagnon entre ses mains, elle l'incita à descendre plus bas. S'abandonnant à cette directive, il prit un de ses mamelons rose foncé dans sa bouche, le suça avec volupté, en lécha la pointe jusqu'à ce qu'elle se dresse, dure, exigeante. De la main, il tenait en coupe l'autre sein, en pétrissait la chair délicate, puis effleurait du pouce le bout turgescent, emportant Grace jusqu'aux limites du plaisir. Là où il s'apparente à la douleur.

Ses hanches ondulaient selon leur rythme propre ; elles s'élevaient et retombaient, roulaient et se frottaient au sexe érigé de Colin, mettant sa virilité à rude épreuve.

Prenant la main de Grace, il la guida entre leurs deux corps.

— Caresse-moi, souffla-t-il à son oreille.

Comme les doigts de son amante s'enroulaient autour de son sexe, Colin ferma les yeux. Un sourd grondement monta en lui. Au contact de cette main douce, il devint plus long, plus dur, au point qu'il eut soudain peur pour elle. Ne s'apprêtait-il pas à lui faire mal ?

Se montrer attentif et doux, se répétait-il. Frémissant de désir impatient, il enfouit son visage entre les seins de Grace, s'enivra de son odeur ineffable, lécha la peau moirée de sueur qui frissonnait sous sa langue.

Avec amour, sans la moindre crainte, elle le caressait sur toute sa longueur. Il leva la tête vers elle. Leurs regards se rivèrent l'un à l'autre. Sans un mot, ils échangèrent mille pensées aimantes.

La main de Grace s'attarda, glissa sur la peau tendue à l'extrême du sexe dressé, qu'elle caressa amoureusement.

— Je te veux en moi, murmura-t-elle d'une voix passionnée.

Le privilège de ce qu'il s'apprêtait à faire frappa Colin une nouvelle fois. Refrénant ses instincts les plus profonds, il se promit de s'en montrer digne. Il ferma les yeux et l'embrassa doucement.

— Merci, chuchota-t-il. Je vais prendre soin de toi.

Il mordilla la lèvre inférieure de Grace, puis approfondit son baiser. Ses mains voletaient fiévreusement le long de son corps splendide. Il voulait en connaître les endroits les plus secrets. De la bouche, il traça un sillon de feu entre ses seins, attisa tour à tour chacun de ses mamelons, lécha le creux de son nombril.

A chaque nouvelle caresse, à chaque baiser, il sentait les doigts de Grace s'enfoncer plus profondément dans ses cheveux. Elle électrisait tout son corps, le sang battait dans ses veines au rythme ancestral de la sexualité, lui donnant envie de crier, de chanter. Les gémissements de Grace, son ondulation de liane souple, lui faisaient craindre de perdre le contrôle précaire auquel il s'accrochait.

Avec d'infinies précautions, il franchit une nouvelle étape en lui écartant doucement les jambes.

Grace ferma les yeux, se raidit un instant, puis se détendit.

Enhardi, il glissa une main vers la toison bouclée et s'enfouit avec précaution entre les plis tendres de son intimité humide. Elle eut un sursaut et se referma autour de son doigt. La douce chaleur de cette contraction augmenta le désir primitif de Colin de la connaître tout entière.

Mais il ne fallait rien hâter, se répéta-t-il dans la brume de son envie. Il murmura son nom, lui picora le visage de baisers et demanda :

— Tu aimes ça ?

Impuissante à parler, prête à succomber aux plaisirs qui s'annonçaient, elle hocha la tête.

Il glissa son doigt un peu plus profond, et prit la bouche de Grace en même temps, accordant le rythme de ses baisers à ses lentes allées et venues. Tandis qu'il glissait en elle un deuxième doigt pour la préparer peu à peu, sa virilité palpitait contre la jambe de son amante.

Grace sentait monter en elle un sourd grondement, sa chair gonflée de sève vibrait sous les caresses amoureuses de Colin. Elle se tenait au bord du gouffre, prête à ployer sous une force incoercible. Sa tête roulait sur l'oreiller.

Un dernier doute assaillit Colin. Il retira ses doigts et enlaça sa compagne.

— Gracie… promets-moi que tu ne me détesteras pas demain, murmura-t-il.

Elle gémit et emprisonna le sexe de Colin de ses cuisses. Haletante, elle souffla :

— Promis. N'arrête pas.

Elle arqua son corps, provoquant la virilité de Colin, l'attisant, exigeant de tout son être qu'il l'investisse.

— Je… Ça risque de faire mal, balbutia-t-il.

A la torture, elle supplia :

— Viens en moi…

Les dernières réticences de Colin s'évanouirent. Son regard plongé dans celui de Grace, il se présenta à l'entrée de son intimité. Au moment où il commençait à la pénétrer lentement, il lut au fond de ses yeux un éclair de douleur, mêlé à une surprise ineffable. Le cœur battant, il s'arrêta aussitôt.

— Gracie… je suis désolé…

Elle secoua violemment la tête, posa les mains sur les fesses de Colin et l'attira en elle.

— N'arrête pas, supplia-t-elle de nouveau. Je te veux en moi.

Les mots de Grace, ses supplications, firent basculer Colin. Une lumière blanche explosa dans sa tête et il la pénétra comme une épée entre dans son fourreau. Comme elle poussait un petit cri, il s'immobilisa. Aussitôt, elle enroula ses jambes autour des hanches de son compagnon, et ondoya sous lui telle une sirène, refusant de marquer une pause dans leur danse d'amour ancestrale.

— N'arrête pas, n'arrête pas…

Colin la possédait à présent, en longs coups profonds. Les yeux ouverts, il s'abreuvait de l'expression du visage de Grace. Etonnement. Excitation. Plaisir sans retenue. Tout en elle l'enivrait au plus haut point.

Gracie et lui. Enfin unis, corps et âme.

Cette pensée emplit son cœur de joie et le galvanisa. Il s'enfonça en elle avec davantage d'abandon. La synchronisation de leurs mouvements s'accélérait. Leurs corps moirés de sueur battaient l'un contre l'autre, se quittaient, se rejoignaient. Le souffle court, ils s'accrochaient l'un à l'autre, grimpant la pente escarpée d'un plaisir qui s'annonçait sans fin.

La sueur brouillait la vue de Colin. Il serra les mâchoires. La tension accumulée au creux de ses reins exigeait de se libérer.

Les jambes de Grace prirent les hanches de Colin en tenaille. Mille foyers d'incendie explosèrent dans sa chair. S'offrant sans fausse pudeur, elle perdit tout contrôle sur elle-même, et se tordit en convulsions libératrices.

Emporté par les râles de sa compagne, Colin laissa libre cours à son propre plaisir. Une longue plainte s'échappa de ses lèvres, et il sombra dans la volupté en spasmes puissants. Plus rien n'exista pour lui que l'exquise jouissance de se perdre corps et âme au fin fond de cette femme unique.

9.

Grace émergea de son demi-sommeil avec une impression de déjà-vu. Les rayons du soleil l'obligèrent à cligner des paupières. Son regard glissa vers le sol, et elle aperçut un T-shirt jeté en boule sur la moquette. D'instinct, elle se souleva pour réparer ce désordre, mais un bras puissant enroulé autour de sa taille l'en empêcha.

Colin.

Affolée, elle referma les yeux. Prête à affronter la terreur, la haine, la nausée, qui allaient fondre sur elle. Or, à sa grande surprise, rien de tout cela ne s'abattit sur elle.

Terreur ? Elle se lovait au contraire dans un cocon de sécurité qui l'enveloppait tout entière de sa douce chaleur. Haine ? Loin de haïr qui que ce soit, une bienveillance généralisée animait son cœur. Quant à la nausée, rien à voir avec la sensation palpitante et délicieuse qu'elle éprouvait envers Colin.

Son premier amant.

Les yeux toujours clos, elle se remémora la merveilleuse nuit qu'ils venaient de partager. Après l'amour, il avait préparé une serviette chaude, qu'il avait placée entre ses cuisses, pour apaiser ses éventuelles souffrances. La douleur était minime. En revanche, la tendresse du geste l'avait plongée dans un abîme de reconnaissance.

Quand il l'avait réveillée au cours de la nuit, pour l'emporter dans un orgasme violent avec sa bouche, sa langue, ses mains de magicien, elle avait eu envie de crier son allégresse et sa volupté dans l'obscurité. Un peu avant l'aube, ils avaient refait l'amour, cette fois avec une infinie lenteur. Elle avait dû retenir ses larmes, au moment où Colin s'épanchait en elle, en murmurant son nom encore et encore, comme une prière.

Seule ombre au tableau, elle ne vivait pas le grand amour pour lequel elle s'était préservée. Cependant, elle n'avait pas le sentiment de s'être galvaudée. Bien au contraire. Ce qui venait de s'accomplir entre eux était l'expérience la plus merveilleuse de sa vie.

Collé contre son dos, Colin changea de position et lui picora l'épaule de baisers.

— Mon chou… puis-je te demander ce qui t'a fait changer de ligne de conduite ? murmura-t-il.

Grace se retourna lentement dans ses bras, et gémit d'un air ensommeillé. Elle était prête à faire semblant de dormir pour éluder la question, pour la bonne raison qu'elle ne savait que répondre.

Comme il la serrait contre lui, elle perçut les sourdes pulsations de son cœur. Que signifiaient ces battements ? Colin éprouverait-il de l'anxiété ? se demanda-t-elle. De quoi s'inquiétait-il ?

Elle battit des paupières, puis les ouvrit et lui sourit, éblouie de le trouver si beau, avec l'ombre de barbe qui recouvrait ses joues, son regard encore embué de sommeil.

— Tu disais quelque chose ? demanda-t-elle.

— Tu m'as parfaitement entendu !

Que lui dire ? s'interrogea-t-elle. Que sa vénération pour sa grand-mère l'avait conquise ? Qu'elle se lassait des règles arbitraires qu'elle s'était imposées à cause d'une expérience malheureuse, vieille de dix ans ? Qu'il lui faisait perdre la tête ? Que leur rencontre avait fait surgir la femme sensuelle qui dormait en elle depuis toujours ?

Aucune de ces réponses ne la satisfaisait. En fait, son revirement demeurait une énigme à ses propres yeux. En tout état de cause, elle ne souhaitait pas trop approfondir ce qui se passait en elle. Du moins pas pour le moment.

Têtu, Colin passa ses doigts dans les cheveux de Grace et répéta :

— Qu'est-ce qui t'a fait changer d'avis ? J'ai besoin de savoir.

Elle posa la main en éventail sur le large torse de Colin. En sentant le tendre friselis des poils sous ses doigts, elle frissonna, pleine de réminiscences. Sensation de ce torse si masculin contre ses seins, joues rêches de barbe naissante contre ses cuisses, langue exigeante et enchanteresse dans les replis de son intimité…

Soupirant d'aise, elle avoua :

— Je vais te dire… Ce qui est important, c'est que j'ai aimé tout ce que tu m'as fait.

Un sourire éclaira le visage de Colin.

— Je m'en suis aperçu…

La voix de Grace devint un murmure rauque :

— J'ai envie de recommencer.

Colin déplaça un peu ses hanches et colla sa virilité érigée contre le ventre de Grace.

— Ça peut s'arranger, lui chuchota-t-il à l'oreille.

— Et ensuite, on le refera encore. Et puis, encore après le dîner… avant de retourner au lit !

Tant de gourmandise fit rire Colin.

D'une voix qui révélait fierté et victoire, elle annonça :

— Tu avais raison… Tu as fait de moi un monstre d'avidité.

Il arrêta de rire, mais ses yeux trahissaient sa gaieté.

— Je suis l'homme le plus chanceux de la terre, dit-il.

Se pressant contre lui, Grace enfouit son visage dans le cou de son compagnon ; elle lui lécha le lobe de l'oreille et titilla de ses dents l'anneau en or.

Contre toute attente, Colin l'arrêta.

— Tu n'as pas répondu à ma question, dit-il.

Elle lui adressa un regard provoquant.

— Je ne suis pas experte en la matière, mais… les hommes ne préfèrent-ils pas le sexe à la conversation, d'habitude ?

— Je ne suis pas comme les autres types.

— Dans ce cas… tu as répondu toi-même à ta question.

— Je ne te suis pas, répliqua-t-il, l'air perplexe.

— Tu es différent des autres hommes. C'est ce qui m'a fait changer d'avis.

Colin eut une moue dubitative.

— Et moi qui croyais que tu avais succombé à mes talents d'architecte !

En riant, Grace prit les hanches de Colin en tenaille et roula sur lui.

— Oh ! tes talents d'architecte sont merveilleux, eux aussi !

Les poils du torse de Colin lui chatouillaient les seins. Elle frémit et se frotta contre la masculinité qui palpitait sous elle.

Mi-envoûté mi-rieur, Colin dit dans un souffle :

— Je rêve…

Grace se pencha vers la table de chevet et en ouvrit le tiroir. S'emparant de la boîte de préservatifs entamée, elle s'enquit :

— Combien en as-tu acheté ?

— Pas assez, de toute évidence, répliqua-t-il en lui caressant le dos. On enverra Lenny en acheter.

Avec un haut-le-corps, elle protesta :

— Tu plaisantes ?

Il se mit à rire.

— Tu es d'accord pour faire l'amour matin, midi et soir, mais il ne faut pas que ça se sache !

La faisant basculer sur le dos, il enserra ses hanches entre ses jambes, et l'immobilisa fermement par les poignets.

— Moi, je n'ai pas honte de ce que nous faisons, trancha-t-il.

— C'est… privé, insista-t-elle.

Les mains de Colin glissèrent à l'intérieur des bras de Grace et s'arrêtèrent de chaque côté de ses seins. Du pouce, il caressa les mamelons dressés, envoyant des décharges électriques dans le corps de son amante.

— Privé ? répéta-t-il. De toute façon, Lenny va tout comprendre, quand il s'apercevra que nous n'avons pas quitté cette chambre depuis dix heures !

Grace recouvra d'un coup tout son bon sens.

— Je ferais mieux de retourner dans ma chambre !

La langue de Colin s'attarda sur un mamelon gorgé de sève.

— Inutile, mon chou. Il ne va pas s'amuser à vérifier l'état de ton lit.

— Il se lève de bonne heure pour préparer mon café, objecta-t-elle. Si je ne descends pas, il se posera des questions.

Elle ne voulait pas être découverte. Pas de cette façon. Pas encore.

— Laisse-moi aller prendre un peignoir dans ma chambre. Ensuite, je vais chercher deux tasses de café, et je reviens. D'accord ? proposa-t-elle.

Sur ces mots, elle tenta de se lever mais il la cloua un instant à l'oreiller d'un long baiser exigeant.

— Reviens vite, lui murmura-t-il à l'oreille.

Souriante, elle le repoussa du coude, sauta hors du lit, et enfila le T-shirt de Colin sans même le remettre à l'endroit.

Dans sa chambre, elle regarda son lit. Hier soir, Leonard avait rabattu avec soin le drap du dessus, mais elle n'y avait pas dormi. Que penserait-il en le découvrant ?

La réponse lui vint sans mal. Pardi ! Il penserait que, comme toute femme maniaque, elle avait refait son lit elle-même ! D'une main experte, elle remit en place le drap du dessus et le couvre-lit, puis lissa l'ensemble avec application. Personne n'y trouverait rien à redire, songea-t-elle avec satisfaction. Son obsession de l'ordre lui sauvait la mise !

Dans la salle de bains, elle prit sa robe de chambre et descendit l'escalier sur la pointe des pieds. Le riche arôme du café que Leonard préparait lui enchanta les narines. Comme elle pénétrait dans l'office desservant la cuisine, elle entendit l'accent britannique du maître d'hôtel.

— Tout à fait, monsieur, disait-il au téléphone. J'y veille constamment.

Parlait-il à Adrian Gilmore ? se demanda Grace. Elle se mordit la lèvre inférieure et écouta une seconde.

— Bien sûr, monsieur Harrington.

M. Harrington ? Son père, au téléphone ? A 6 heures du matin ? Grace étouffa une plainte exaspérée. Encore à fourrer son nez partout, comme d'habitude ! Malgré ses bonnes manières, elle tendit l'oreille.

— Oh non, monsieur ! Pas du tout ! disait Leonard de sa voix sérieuse.

Que lui demandait son père ? Si elle rédigeait un rapport ? Une idée malicieuse lui vint alors à l'esprit : son fouineur de père apprécierait-il un bon petit rapport sur la nuit écoulée ? A cette pensée, elle réprima un rire moqueur.

— C'est exact, monsieur. Mais vous ne pouvez être sûr du résultat, comme je l'ai souligné quand nous avons mis cet arrangement au point, il y a un mois.

Cet arrangement ? Il y a un mois ? Son père tirait-il les ficelles depuis le début ? Le sang battait dans les veines de Grace, ses tempes bourdonnaient. Elle tendit encore l'oreille.

— Ne vous inquiétez pas, monsieur. Je me lève à l'aube chaque matin. Vous pouvez continuer à appeler. Je vous informerai de l'évolution de la situation. Comme convenu. M. Gilmore est heureux de vous rendre service.

Toute la terreur, la haine, la nausée auxquelles elle s'était attendue plus tôt frappèrent Grace de plein fouet, avec la violence d'un tsunami. Elle posa la main sur sa poitrine, comme pour dompter le martèlement furieux de son cœur.

Son esprit se révoltait. Impossible ! *Impossible !* Sous le choc de cette découverte, elle frissonnait des pieds à la tête. Son père avait tout manigancé avec Gilmore ! Mais pourquoi ? Etait-elle un pion dans leur drôle de jeu ? Son père cherchait-il à l'éprouver ? Maquillaient-ils leurs agissements, pour faire croire à un véritable appel d'offres, alors que H et H avait déjà obtenu le contrat ?

Prête à s'enfuir vers sa chambre, elle pivota sur elle-même, avide de mettre de l'ordre dans ses pensées. La voix de Leonard dans son dos l'en empêcha :

— Oh ! Bonjour, miss Grace.

Lentement, elle se tourna et lui fit face.

— Bonjour, Leonard, lâcha-t-elle.

S'il perçut la froideur de sa voix, le maître d'hôtel n'en montra rien. Il semblait aussi enjoué qu'à l'habitude, élégant et normal dans son uniforme impeccable. Il ouvrit un placard et en sortit une tasse.

Grace le fixait sans pouvoir détourner son regard. Allait-il lui dire avec qui il s'entretenait au téléphone ? Décidée à découvrir la vérité, elle prit une profonde inspiration et se lança :

— Je vous croyais au téléphone, il y a quelques secondes. Je retournais donc dans ma chambre, pour vous laisser un peu d'intimité.

— Ce n'était que le bureau de M. Gilmore. Il est midi, de l'autre côté de l'Atlantique, et je crains qu'ils n'aient pas la moindre idée du décalage horaire !

Ainsi, Leonard était un menteur, constata-t-elle, bouche bée. Cependant, à ce petit jeu, elle ne se sentait pas forcément battue d'avance. Maintenant, elle *savait*. Et savoir est une force.

— J'espère que tout va bien, là-bas, dit-elle d'une voix désinvolte.

— A la perfection. Les affaires sont en plein essor.

Grace lui adressa l'ombre d'un sourire et but une gorgée de café. Comment lui demander une seconde tasse ? Sous quel prétexte apporter son café à Colin sans éveiller l'attention de Leonard ?

Tout à coup, un problème bien plus important la fit vaciller. Comment faire part à Colin de sa sinistre découverte ? A cette perspective, ses jambes se mirent à trembler sous elle, son cœur sombra. Sans doute trouverait-il odieux d'avoir été utilisé de la sorte ; un homme de sa trempe ne pouvait que haïr toute forme de manipulation. En outre, son intuition ne l'avait pas trompé : Lenny était bel et bien un espion. A la solde du grand Harrington !

Tout en arrosant les plantes aromatiques disposées le long de l'évier, Leonard demanda incidemment :

— Vous prenez l'atelier ce matin, pour laisser la place à M. McGrath cet après-midi ?

La question lui rappela la raison de sa présence dans la Grande Remise : Edgewater. Depuis des semaines, elle investissait toute son énergie, tout son savoir-faire, dans une compétition, pour découvrir que celle-ci était sans doute truquée. Gagnée d'avance, grâce à une machination orchestrée par son père, tout comme était orchestrée sa cohabitation avec Colin, sous la surveillance de Leonard !

Quelle farce ! songea-t-elle avec dégoût. Que son père, un père manipulateur et indigne de confiance, aille au diable ! La solution s'imposa à elle avec la clarté de l'évidence. La même clarté admirative que celle éprouvée la veille devant les dessins anciens de Pineapple House. Le réveil serait rude pour son père, au moment de présenter les plans pour la compétition finale. Très rude, car sous aucun prétexte elle ne se laisserait manipuler. Pas une seconde de plus !

— En fait, dorénavant, Colin et moi travaillerons ensemble, répondit-elle.

Leonard ne put cacher sa surprise.

— Ah bon ?

138

Grace se dirigea vers le placard et en sortit une seconde tasse.

— Oui. Et je vais lui porter son café, pour que nous puissions commencer de bonne heure. Et en forme.

Leonard semblait de plus en plus déconcerté.

— Très bonne idée, dit-il d'une voix aussi imperturbable que possible. Voulez-vous que je serve le petit déjeuner dans l'atelier ?

Sans se départir de son calme, elle versa du café dans la tasse et se dirigea vers la porte.

— Non, merci, dit-elle par-dessus son épaule. Nous souhaitons nous isoler complètement. Nous descendrons quand nous en aurons assez de... travailler.

Une semaine plus tard, ils n'en avaient toujours pas assez. En tout cas pas Grace. Sept jours après sa nouvelle allégeance à Pineapple House, la seule chose qui gâchait l'heureux déroulement de sa vie quotidienne était le secret qu'elle cachait à son amant.

Assise par terre, ses jambes repliées sous sa jupe, elle marquait du pied le rythme de la musique de jazz que Colin et elle avaient choisie ensemble. Tout autour d'elle s'étalaient les nouveaux plans de Pineapple House, auxquels ils avaient consacré chaque minute de leur temps qui n'était pas dédiée à faire... d'autres choses.

Des choses merveilleuses.

Telles que prendre leur douche ensemble, en utilisant à profusion savon moussant et shampooing. Ou flâner sur la Corniche à minuit, en échangeant des baisers, en discutant, avant de rentrer s'abandonner aux plaisirs d'une longue nuit d'amour. Ou encore s'adonner à des repas gourmets dans la cour de la Grande Remise, à des pique-niques sur la pelouse, des petits déjeuners au lit...

Si Leonard se rendait compte du tour qu'avait pris leur relation, il était trop professionnel pour le montrer. Pour donner le change,

Grace laissait ses vêtements dans sa chambre. Chaque matin, elle remettait en place le drap du dessus, que le maître d'hôtel ouvrait chaque soir avec ponctualité. De la sorte, elle sauvait les apparences : Leonard pouvait penser que les deux architectes avaient enterré la hache de guerre et se communiquaient leurs travaux. C'est du moins ce qu'elle espérait le voir rapporter à son père.

A la pensée des rapports du maître d'hôtel, son estomac se contracta. Qu'arriverait-il, si Colin découvrait la vérité ? Bien sûr, leur relation n'avait qu'un caractère temporaire. D'abord parce qu'il habitait Pittsburgh. Ensuite parce qu'il affichait le peu de cas qu'il faisait de l'amour. Son dédain pour ce sentiment se manifestait dans nombre de petits commentaires subtils : moqueries au sujet du récent engagement matrimonial de son frère, références fréquentes à son propre état de célibataire endurci. En un mot, elle connaissait et acceptait les limites de leur relation.

Une relation purement physique. Une liaison. Un interlude. Un épisode magique, en compagnie de l'homme le plus sensuel qu'elle ait jamais rencontré.

Cependant, conclut-elle, en dépit du caractère éphémère de leur vie à deux, Colin serait livide de rage d'avoir été manœuvré comme un pion, dans l'un des plans d'Eugène Harrington. Sa colère prévisible serait terrible, et lui soulevait le cœur d'angoisse.

Levant les yeux vers lui, elle le contempla. Perché sur un tabouret entre son ordinateur, la table à dessin et une armoire de rangement, il lui sembla plus attirant que jamais. Elle le regarda se plonger dans un dossier, taper quelque chose sur le clavier de son ordinateur, puis revenir au dossier. Parce qu'elle le lui avait demandé, il avait laissé ses cheveux libres sur ses épaules. Le soleil lui conférait, à ses yeux, un air de demi-dieu.

— Bon sang ! murmura-t-il entre ses dents.

A ces mots, Grace se leva sans hâte, et le rejoignit. Penchée vers l'écran, elle lui massa tendrement les épaules.

— Que se passe-t-il ? demanda-t-elle.

Il pivota sur son tabouret et l'enlaça.

— J'aime que tu me frottes le dos, dit-il en enfouissant sa tête entre ses seins.

Elle abaissa la tête vers lui, et respira avec délices son odeur si familière.

— Qu'as-tu découvert ? reprit-elle.

Tiraillé entre l'érotisme du moment et ce qui venait d'attirer son attention, Colin secoua la tête.

— Un petit pépin possible. En fait, selon ce que je viens de lire, quelqu'un pourrait arguer que l'endroit où se trouvait Pineapple House est une parcelle de terrain différente d'Edgewater.

— Vraiment ? Comment est-ce possible ?

— Une antique lacune dans le cadastre du coin, si je comprends bien.

— Quelles sont les implications ?

— Je n'en suis pas sûr. Je vais demander à mes frères. Cameron est un banquier averti et un homme de loi qui connaît le droit de la Nouvelle-Angleterre comme sa poche. Quant à Quinn, rien de ce qui touche à l'immobilier n'a de secret pour lui.

Tout en parlant, il enferma Grace entre ses cuisses et enfouit ses mains sous le T-shirt bain de soleil qu'elle portait. Sans soutien-gorge. Parce qu'il le lui avait demandé.

Elle se sentit fondre. Cet homme régnait sur son corps en maître absolu, songea-t-elle, même si elle refusait de trop s'appesantir sur le sujet. Comme elle évitait d'évoquer… le secret. Une nouvelle fois, la question la tenailla : pourrait-elle s'abstenir de lui en parler ? Peut-être. Lorsque leurs plans pour Pineapple House seraient au point, elle exigerait de son père qu'il les soumette à Gilmore. Colin ne s'en offusquerait pas. En effet, pas une seule fois il n'avait revendiqué la paternité de la reconstruction. Pour lui, seule comptait la renaissance de cette demeure. Il ne nourrissait pas d'autre ambition. Ainsi, il réaliserait le rêve de sa grand-mère, sans que H et H lui mette des bâtons dans les roues.

En revanche, si elle lui avouait la complicité entre son père et Adrian Gilmore, tout ce qui existait entre eux s'écroulerait sans doute avec fracas, comme un château de cartes. Sans espoir de retour. Et elle ne se sentait pas prête pour une rupture radicale. Pas encore.

Les mains de Colin s'immobilisèrent contre ses côtes.

— A quoi penses-tu, Gracie ?

Le poids de l'angoisse s'alourdit encore dans le cœur de Grace qui éluda la question :

— Je suis un peu fatiguée… Si on faisait une pause ?

— Excellente idée ! Que dirais-tu d'une petite visite à Willow House ?

Le visage de Grace s'illumina sur-le-champ.

— Je serais ravie de revoir Marguerite ! Essayons de dénicher dans le frigo de Lenny quelque chose qui fasse plaisir à ta grand-mère.

En prononçant le nom du maître d'hôtel, Grace eut un nouveau pincement au cœur. La question ne la laissait pas en paix : jusqu'à quand encore cacherait-elle la vérité à Colin ?

Colin et Grace frappèrent en riant à la porte de la chambre de Marguerite.

La voix ténue de la vieille dame les accueillit :

— Quel merveilleux son vous offrez à mes vieilles oreilles !

Colin installa par terre la glacière que Leonard avait préparée et contourna le lit. Sa grand-mère aimait qu'il s'installe dos à la fenêtre. De la sorte, elle discernait sa silhouette à contre-jour.

Perché sur le bord du lit, il prit ses mains flétries entre les siennes, et déposa un baiser sur les mèches blanches de ses cheveux bouclés.

— Comment va ma petite amie, aujourd'hui ? demanda-t-il.

Un sourire indulgent creusa les rides de Marguerite. Se tournant vers la chaise que Grace occupait, elle remarqua :

— Je crois avoir été supplantée... J'ai entendu vos rires d'amoureux dans le couloir !

Colin vit Grace rosir. Lui-même fut saisi d'une étrange fierté.

— Personne ne peut vous remplacer, assura Grace de sa voix à la fois élégante et chaude.

Une fois de plus, Colin nota la capacité naturelle de la jeune femme à charmer les gens. Aussi bien un serveur dans un restaurant, que Lenny ou sa grand-mère, en passant par Vera, à la réception.

— Colin parle tout le temps de vous, reprit Grace. Il m'a raconté l'histoire mouvementée des Rebelles.

Marguerite émit un petit gloussement de plaisir.

— J'ai eu une vie parfois un peu... agitée. J'espère que saint Pierre aura mauvaise mémoire en ce qui concerne mon passé !

Grace lui tapota la main.

— On dit qu'il pardonne les écarts de conduite lorsqu'ils ont un but honorable !

— Je serai bientôt fixée sur ses intentions, soupira la vieille dame.

Une douleur familière serra le cœur de Colin, à l'idée de perdre cette merveilleuse grand-mère.

— Non ! protesta-t-il. Tu as encore beaucoup de rendez-vous sur ton agenda, et aucun n'inclut saint Pierre ! Nous avons besoin de toi comme maîtresse des cérémonies, à l'inauguration de Pineapple House. Et tu ouvriras le bal avec moi.

Au moment même où il formulait ces picuses promesses, Colin les savait illusoires. Trop faible, sa grand-mère n'ouvrirait jamais le bal dans la grande salle des cérémonies de la demeure rebâtie.

Marguerite sourit avec bienveillance.

— Grace peut avoir toutes mes danses ! dit-elle. Mais je vous suivrai tous les deux en esprit, mon chéri.

Sur ce, elle se mit à tousser. Comme Grace se levait pour chercher un verre d'eau, elle la retint.

— Non, non. Je vais bien. Parlez-moi de ce que vous projetez pour que mon rêve se réalise.

Colin et Grace échangèrent un regard. Elle lui donna son assentiment muet, et la sourde douleur qui contractait le cœur de Colin s'apaisa.

— Gracie a eu quelques idées brillantes, commença-t-il. En particulier pour recréer l'ancien escalier. Il existe de nos jours une technologie qui...

Il observa une pause. Pendant qu'il parlait, Marguerite leva une main pour caresser le visage de Grace. Le seul moyen à sa disposition pour *voir* une personne. La jeune femme se prêta de bonne grâce à cette exploration, et Colin lui en fut reconnaissant.

— Continue, le pria Marguerite. Je veux tout entendre sur cet escalier. Mais je veux aussi connaître avec précision la femme que tu aimes.

Colin ouvrit la bouche pour parler, mais aucun mot ne franchit ses lèvres.

La femme qu'il aimait...

Malgré lui, il regarda Grace. Elle avait fermé les yeux et souriait. De quoi souriait-elle ? se demanda-t-il. Des doigts qui effleuraient sa joue ? Des mots prononcés par Marguerite ?

— Oh ! s'exclama la vieille dame. Vous avez des fossettes !

Cette fois-ci, Grace ouvrit les yeux et adressa un clin d'œil à Colin.

— Tu ne peux pas imaginer femme plus jolie, assura-t-il en plongeant son regard dans celui de son amante.

Embarrassée, Grace détourna la conversation :

— Avez-vous faim ? demanda-t-elle à la vieille dame. Nous avons une petite gâterie pour vous.

Les yeux de Marguerite s'agrandirent comme ceux d'une enfant.

Grace émit un rire léger et se tourna vers Colin.

— Explique la technique pour l'escalier. Pendant ce temps, je m'occupe de la mousse au chocolat.

— De la mousse au chocolat ! s'extasia Marguerite de sa voix fluette. C'est mon jour de chance !

Tandis que Grace aidait Marguerite à manger, Colin lui dévoilait la brillante technique utilisée pour l'escalier. Cependant, le spectacle de ces deux femmes réunies l'empêchait de se concentrer. Il provoquait en lui des émotions contradictoires. Son cœur était à la fois lourd et plein comme un œuf, sa gorge se serrait de plus en plus.

D'où lui était venue l'impression que Grace Harrington, fille de riches, froide et coincée, le regardait de haut ? Chaque jour qui passait lui prouvait le contraire. Elle possédait un cœur d'or et une âme aussi suave qu'une brise de printemps. Elle était gentille, patiente, drôle, sensuelle, intelligente, généreuse. Elle était… *la femme qu'il aimait.*

Grace le tira de ses pensées.

— Elle dort, murmura-t-elle. Ton exposé lui a fait un effet soporifique !

Le cœur au bord de l'explosion, Colin contempla la jeune femme. A quoi correspondait ce tumulte en lui ? Que signifiaient ces mots ridicules sur le point de franchir ses lèvres ?

Tout s'enchaîna très vite en lui, comme les pièces d'un puzzle se mettant en place seules. Inutile de se leurrer davantage : il était tombé amoureux ! Maintenant, la suite coulait de source : elle allait lui faire faux bond. Le trahir. Il le croyait de toutes les fibres de son être. N'était-ce pas la seule leçon que sa mère lui avait inculquée, lorsqu'il était enfant ? L'amour rimait avec trahison, douleur, perte. Une vie entière à souffrir.

— Que se passe-t-il, Colin ? s'enquit Grace en effleurant sa main.

Il secoua la tête et, comme chaque fois qu'on lui posait une question, répondit la vérité :

— Je... J'ai peur.

Les yeux soudain humides, Grace pressa les doigts de son compagnon entre ses mains.

— Je sais. Marguerite est proche de la mort, mais elle a vécu une vie riche et, sur ses vieux jours, tu la rends heureuse. En plus, elle assistera peut-être à la cérémonie d'inauguration ? On ne sait jamais.

Colin éteignit la lumière. Au prix d'un effort sur lui-même, il contint les mots dangereux qui menaçaient de détruire la carapace derrière laquelle il se protégeait depuis des années.

— Tu as raison, dit-il. On ne sait jamais.

10.

Pendant tout le trajet de retour, Colin roula à vive allure. Il prit chaque virage à la corde, accéléra dans chaque ligne droite. Depuis qu'ils avaient quitté Willow House, il semblait distrait et distant, nota Grace. Au fond de ses yeux couvait un orage qu'elle ne savait interpréter.

Son état d'esprit la préoccupait. « Il avait peur », avait-il avoué. A quoi attribuer ce sentiment ? De toute évidence, il adorait sa grand-mère, se réjouissait d'avoir renoué avec cette branche de sa famille. Pour autant, cela justifiait-il la peur de la perdre ? Marguerite avait plus de quatre-vingt-dix ans, tout de même ! Elle avait la chance de ne pas souffrir, ne manquait de rien, n'était pas malheureuse. Sa disparition à plus ou moins brève échéance faisait partie de l'ordre naturel des choses. La vieille dame semblait d'ailleurs accepter avec plus de philosophie que Colin la fin de son passage sur cette terre.

Craignait-il de ne pouvoir réaliser le rêve de Marguerite, s'il n'obtenait pas la reconstruction de Pineapple House ? Cette pensée lui rappela l'écœurant secret qu'elle lui cachait. Impossible de laisser cette situation se poursuivre, décida-t-elle pour la énième fois. Il fallait qu'il sache. Tout de suite. Ensuite, à deux, ils seraient plus forts contre l'adversité. Même si son père avait pipé les dés, s'il avait déjà obtenu le contrat avec Gilmore, ils lutteraient pour que H et H reconstruise Pineapple House, et non Edgewater.

Cependant, Grace avait conscience de se bercer d'illusions. Colin allait être furieux, surtout maintenant qu'une semaine s'était écoulée. Elle devait lui parler. Toutes affaires cessantes !

Le regardant de biais, elle nota sa mâchoire serrée, le pli qui creusait son front. Elle renonça, laissant le vent chargé de sel rugir dans la décapotable. Le soleil avait disparu et d'épais nuages gris annonçaient la pluie.

Comme Colin se garait devant la Grande Remise, Grace s'enhardit et suggéra :

— On retourne travailler ?

Une heure de tranquillité dans l'atelier lui fournirait l'occasion d'avouer ce qu'elle cachait depuis une semaine.

Le visage grave, il se tourna vers elle et la contempla avec intensité.

— Je vais me promener, dit-il d'une voix rauque.

Elle devait lui parler ! se répéta Grace. Malgré l'humeur pensive qu'il affichait, malgré le ciel menaçant et bien qu'elle ne portât ni la tenue ni les chaussures adéquates… Le jeu en valait la chandelle.

— Je t'accompagne, décida-t-elle.

Quand Colin eut verrouillé la voiture, ils se prirent par la main et se dirigèrent vers la Corniche. La brise océane soufflait sans ménagement ; l'automne prenait possession de Newport.

Pour engager la conversation, Grace remarqua :

— L'hiver pointe son nez plus tôt que d'habitude, on dirait…

— Ouais…

De toute évidence, il n'avait pas envie de parler, et ce qu'elle avait à lui dire n'arrangerait en rien son état d'esprit. Déroutée, elle serra les lèvres et décida d'attendre le moment propice.

Ils franchirent un amas de rochers, puis descendirent quelques marches disjointes jusqu'au chemin désert.

148

Grace leva les yeux vers le ciel menaçant. Le vent forcissait, fouettant ses jambes nues. Elle se concentra sur l'endroit où elle posait les pieds, évitant les aspérités les plus prononcées.

En quinze minutes, ils atteignirent le lieu-dit Rough Point Bridge, là où la Corniche devenait vraiment périlleuse. Grace connaissait l'endroit. Cependant, le spectacle des vagues se fracassant en bas en tourbillons écumeux l'impressionnait chaque fois. Ils firent une pause sur le pont métallique, juste au moment où quelques grosses gouttes de pluie s'écrasaient sur eux.

— Voilà la pluie, constata-t-elle. Nous ferions mieux de rejoindre le tunnel le plus proche.

Il existait au moins trois passages creusés dans la falaise, qui permettaient aux riverains propriétaires de manoirs et maisons le long de la Corniche d'accéder au sentier.

Colin acquiesça de la tête mais, en dépit de l'averse qui augmentait, il demeura immobile sur le petit pont.

— Vas-tu enfin me dire à quoi tu penses ? demanda Grace.

Droit sous la pluie qui dégoulinait le long de ses joues comme des larmes, il resta un moment sans répondre.

— Oui, dit-il enfin.

Puis, la prenant par la main, il se mit à marcher d'un pas rapide. Courir sur les rochers était hors de question. Muets et concentrés, ils avançaient sous la pluie qui tombait dru à présent. Le temps d'atteindre Gull Rock Tunnel, ils étaient trempés.

A l'intérieur du tunnel, il faisait presque noir, les ouvertures aux deux extrémités ne procurant que peu de lumière.

Grace tordit ses cheveux dégoulinants et s'essuya le visage avec les mains. Colin secoua sa crinière. Ce faisant, il semblait chasser quelque chose de sa tête, plutôt qu'égoutter ses longs cheveux.

Elle s'appuya contre la paroi humide du tunnel. L'écho de leur respiration précipitée s'amplifiait dans l'espace restreint.

Soudain, Colin se tourna vers Grace et posa les mains contre le mur, de chaque côté de sa tête. Il la regarda, avec au fond des yeux une sombre turbulence. Ses cheveux mouillés et l'anneau à son oreille lui donnaient un air de pirate.

Dans l'expectative, elle lui rendit son regard. Que lui réservait-il ? Un baiser ? Un juron ? Une explication ?

D'une voix rendue rauque par l'émotion, il se mit à parler :

— Je ne suis pas préparé à ça… Je ne sais même pas si j'en suis capable…

Que voulait-il dire ? Maîtrisant les battements fous de son cœur, elle fronça les sourcils.

— Capable de quoi ? demanda-t-elle.

— De t'aimer.

— De…

Les mots manquèrent à Grace. Réduite au silence, elle attendit.

Colin pencha son visage vers celui de sa compagne et posa sur elle un regard sombre, affamé. La chaleur de leurs corps faisait monter de leurs vêtements d'une vapeur irréelle.

— Je veux que tu saches une chose, dit-il d'une voix éraillée d'émotion. Je ne suis pas un homme pour toi.

Grace résista à l'impulsion de le prendre par les épaules, de le secouer, de l'embrasser, pour lui faire comprendre à quel point il faisait fausse route. Au lieu de cela, elle puisa en elle la force de répondre :

— C'est à moi d'en juger, il me semble.

— Non. Tu ne sais pas ce que…

Sans lutter plus longtemps contre elle-même, elle referma ses doigts sur la chemise mouillée de Colin et l'attira contre elle.

— Pourquoi tout saboter ? supplia-t-elle. Donne-nous au moins une chance.

Colin ferma les yeux et exhala un long soupir. Quand il les rouvrit, il parla d'une voix plus posée :

— Gracie, je ne crois pas au grand amour dont tu rêves.

Refusant d'abonder dans son sens, elle le contempla sans un mot. Une voix désespérée en elle l'implorait de ne pas tout gâcher. Cependant, le cœur prêt à exploser, elle se mordit la lèvre inférieure et l'écouta avec attention.

— Je crois que les gens ne peuvent que s'aimer eux-mêmes, reprit Colin. Une fois le premier élan vers l'autre passé, ils s'occupent de leur propre petite personne et font souffrir leur partenaire.

Les oreilles de Grace bourdonnaient. Colin croyait-il vraiment ce qu'il disait ? Cette incapacité à se croire aimé était-elle le legs de sa mère ? Personne dans sa vie ne lui avait-il offert un contre-exemple ?

— Et ta grand-mère paternelle ? Celle qui a tout abandonné pour venir vous élever, toi et tes frères ? Elle t'aimait, non ?

— Oui, mais…

— Et tes frères ? Ton père ? Ne t'aiment-ils pas ?

Colin donna un coup de poing contre le mur du tunnel.

— Tu parles de la famille. C'est différent. Leur amour est inconditionnel. Ils n'ont pas le choix.

Le choix ? songea Grace. Et elle, avait-elle le choix ?

— Quand on aime, tu crois qu'on a le choix ? demanda-t-elle.

Au moment où elle prononçait ces mots, une aveuglante vérité la submergea : quel choix avait-elle, en effet ? Même si Colin ne l'aimait pas et la quittait au terme des trois semaines qu'ils devaient passer ensemble, les mêmes émotions ne la bouleverseraient-elles pas chaque fois qu'elle penserait à lui, entendrait parler de lui ? Elle était déjà profondément amoureuse de cet homme. Le choix s'était fait tout seul.

Cette prise de conscience la fit vaciller. Elle voulait aimer Colin, en avait besoin ; et lui, que lui annonçait-il ? Qu'il ne s'en sentait pas capable.

La voix étranglée, Colin argua :

— On a toujours le choix. Et je veux que tu fasses le bon.

Un petit cocon chaleureux enveloppa le cœur de Grace. N'avait-elle pas offert sa virginité à l'homme qu'elle aimait ? C'était tout ce qui comptait. Seul cela avait une réalité.

Dehors, la pluie redoubla, martelant la falaise.

— J'ai déjà choisi, murmura-t-elle en l'attirant contre lui. Je t'ai choisi.

La justesse de ce qu'elle venait de dire fit courir le sang de Grace dans ses veines. Elle aimait Colin McGrath. Elle aimait son cœur, son âme, son esprit, son corps, et ferait tout pour lui. Tout pour le garder. Tout pour qu'il soit heureux.

A cet instant précis, elle se remémora le secret. Elle devait à tout prix le lui communiquer. Comment, sans cela, faire profession d'amour avec entre eux ce non-dit répugnant ?

— Je veux te dire quelque chose, commença-t-elle d'une voix douce.

Colin lui mit un doigt sur la bouche.

— Ne le dis pas.

— Je le dois…

— Non, insista-t-il.

Sur les lèvres de Grace, il remplaça son doigt par sa bouche et l'embrassa. D'abord simple effleurement, le baiser se fit plus profond.

— Ah ! mon chou…, souffla-t-il ensuite. Je ne sais pas ce qui m'arrive, mais j'y suis jusqu'au cou, et je ne vois plus la lumière. Tu es parfaite. Et… je ne le suis pas.

Parfaite ? songea Grace avec ironie. Qu'elle lève le voile sur les dons de marionnettiste de son père, et il changerait d'avis ! Elle posa la main sur le buste de Colin et prit une profonde inspiration.

— Je dois te dire quelque chose.

Il l'interrompit d'un baiser et l'aveu s'étrangla dans la gorge de Grace. Leurs langues se mêlèrent, brûlantes, avides, dans une étreinte ponctuée par les mouvements du corps de Colin, dur, mâle, contre le sien.

— Ecoute-moi, bredouilla-t-elle.

N'en faisant qu'à sa tête, il accentua sa pression contre le corps de son Grace.

Ses jambes flageolèrent sous elle, tandis qu'un feu se mettait à couver entre ses cuisses.

— Colin…

— Chut ! Attends, mon cœur.

Glissant ses mains sous les vêtements de Grace, il explora avec ardeur sa chair humide, couvrit ses seins de ses paumes, tortura ses mamelons de caresses rudes.

L'incendie se propagea dans tous les membres de Grace ; le centre de son intimité flamba. D'un seul coup, elle oublia tout et s'abandonna au plaisir affolant que lui procuraient les mains de Colin sur son corps.

— Gracie, fais-moi l'amour, dit-il d'une voix rauque.

L'amour… ce beau sentiment, dangereux, insaisissable.

Enfouissant son visage dans le cou de Colin, elle huma son odeur de sel, de pluie, de sueur, tandis qu'il relevait sa jupe d'un geste sec et glissait la main dans sa petite culotte. Avec un grognement de désir, il insinua les doigts au centre humide qui palpitait entre ses cuisses.

Dans l'affolement du désir et de l'excitation, les mots devenaient inutiles. Leurs corps parlaient pour eux, songea Grace confusément. Ce que lui disait celui de Colin, le sien était tout prêt à l'entendre.

— Fais-moi l'amour, souffla-t-il encore sur le ton de l'urgence.

Des deux mains, il fit glisser le slip de Grace, qui tomba à terre. Leurs bouches se joignirent de nouveau et il défit la fermeture Eclair de son pantalon.

Il était long et dur. Grace le caressa amoureusement, sans souci du lieu où ils se trouvaient, sans crainte d'être découverte. Seul comptait ce besoin affolant dans son ventre. Rien n'existait plus que ce moment précis, cet homme qu'elle aimait.

Empaumant les fesses de Grace, Colin la souleva du sol et se glissa entre ses cuisses, raide et palpitant. Pas de préservatif. Pas de draps. Pas de lit. Rien de traditionnel…

La fureur de son propre désir la secouait tout entière. Elle ne souhaitait qu'une chose au monde : sentir Colin en elle. Elle lui enveloppa les hanches de ses jambes et se laissa glisser vers sa virilité dressée en contemplant la pluie mêlée de sueur qui moirait le visage de son compagnon.

Fermant les yeux, Colin s'enfonça en elle comme dans un fourreau. Elle resserra son étreinte et il plongea plus profond, plus loin, plus vite, l'entraînant vers un précipice familier avec pourtant une émotion particulière : une impossible promesse d'amour. Elle le lisait dans les yeux de Colin, le sentait dans la furie et le désespoir de chacun de ses coups de butoir, le goûtait dans chacun de ses baisers.

Elle s'enroula autour de lui comme une liane.

Il s'enfonça si profondément en elle qu'elle le sentit aux confins de ses entrailles.

— Viens avec moi, lui enjoignit-il d'une voix râpeuse. Maintenant.

En trois longs coups vigoureux, il grossit démesurément en elle, l'emplit tout entière. Puis, dans un gémissement de plaisir sans retenue, il se répandit en elle en longs jets brûlants. Le son, la vue, l'intensité de son orgasme entraînèrent Grace qui sombra avec lui dans la spirale infinie de la volupté.

A peine capable de respirer ou de penser, ses jambes tremblant autour de la taille de Colin, elle laissa sa tête retomber contre son torse. Quand elle reprit enfin son souffle, elle leva les yeux vers lui.

154

Ce qu'elle vit la prit au dépourvu. Cette fois-ci, ce n'était pas la pluie ; ce n'était pas non plus la sueur. Il s'agissait de tout autre chose.

— Je t'aime, Gracie.

La voix de Colin flancha et Grace se mit à pleurer à son tour.

Repu, heureux, Colin glissa hors de Grace. La découverte des larmes qui brillaient au fond de ses yeux le prit de court.

— Que se passe-t-il, mon cœur ? demanda-t-il.

Grace secoua la tête.

— C'est… de te voir pleurer.

— Moi ? murmura-t-il.

Incrédule, il vérifia du bout des doigts. Dieu du ciel ! songea-t-il. La situation était encore plus grave que ce qu'il croyait.

Grace s'accrochait toujours à son cou. Leurs chairs nues collaient encore l'une à l'autre. Sueur, pluie, sexe… L'averse avait cessé et seul résonnait dans le tunnel le bruit de leur respiration.

Colin mourait d'envie de répéter un millier de fois à Grâce qu'il l'aimait. Il venait de découvrir une vérité époustouflante, qui le révolutionnait de fond en comble : admettre que l'on aime une femme est aussi doux que l'acte d'amour lui-même.

Au lieu de cela, il fit glisser Grace le long de son corps, et la reposa par terre. Puis il remonta la fermeture Eclair de son pantalon. Le regard planté dans celui de son amante, il se baissa pour ramasser son slip qui gisait à ses pieds.

Ils n'avaient pas utilisé de préservatif ! réalisa-t-il soudain. A cette pensée, une sourde angoisse lui contracta l'estomac mais, dans le fond, c'était le cadet de ses soucis. Une inquiétude bien plus grande le tenaillait depuis quelques instants : Grace n'avait pas réagi à sa déclaration d'amour. Ne l'aimait-elle donc pas en retour ? Considérait-elle son aveu comme l'une de ces choses incohérentes que l'on dit dans l'égarement de la volupté ?

— Je pense vraiment ce que j'ai dit, murmura-t-il.

Sur le qui-vive, il guetta l'expression du visage de Grace. A l'affût d'un aveu, même indirect.

Elle détourna la tête et parut étudier ses pieds tout en rabattant sa jupe sur ses jambes.

— Je... je suis contente, dit-elle d'une petite voix.

Colin reçut ces mots comme un coup de poing dans le ventre.

— Contente ?

En remettant son slip, elle faillit perdre l'équilibre. Colin la rattrapa *in extremis*.

— Euh... Je... C'est plus facile d'enlever sa culotte que de la remettre !

Colin n'en revenait pas. Quoi ? Elle plaisantait dans un tel moment ? Elle évitait son regard ? Eludait le sujet ? Muet, il attendit qu'elle finisse de se rhabiller.

— Je... je dois te dire quelque chose.

Enfin ! songea Colin. Le cœur battant à tout rompre, il l'attira contre lui et lui souleva le menton de l'index.

— Je t'écoute, murmura-t-il.

— J'ai de drôles de nouvelles pour toi.

Soudain certain de ce qu'il allait entendre, il desserra son étreinte. Elle ne l'aimait pas. Point final.

— Mon père et Gilmore ont organisé cette cohabitation de trois semaines entre nous, il y a un mois.

L'espace d'un instant, un intense soulagement envahit Colin. Grace n'avait pas dit qu'elle ne l'aimait pas ! Puis, tout de suite après, ses mots le frappèrent de plein fouet.

— Pardon ? Je ne comprends pas.

— Pour une raison que j'ignore, ils ont mis au point cette mascarade de compétition entre nous.

— Comment le sais-tu ?

156

— J'ai surpris Leonard parlant au téléphone avec mon père, il y a une semaine, et je...

La voix de Colin résonna dans le tunnel :

— Tu sais ça depuis une semaine ?

Une semaine ? Et pendant ce temps-là, ils faisaient l'amour plusieurs fois par jour ! Colin était sonné.

Grace se mordit la lèvre inférieure.

— Je... je ne savais pas comment te le dire.

Reculant d'un pas, il ironisa :

— Pourquoi n'as-tu pas essayé : « Colin, tu ne croiras jamais ce que je viens de découvrir » ? Ça aurait marché, crois-moi.

Empourpré de colère, il ne ménageait pas ses sarcasmes. Comment avait-elle pu lui faire un coup pareil ? Ne pas partager avec lui une information de cette importance ? Elle lui avait bel et bien *menti* car, dans son système de valeurs, taire la vérité équivalait à mentir.

— Tu as parlé à ton père ? demanda-t-il.

— Non. Je voulais que Leonard lui dise dans ses rapports que nous travaillons ensemble.

— Quoi ? s'écria Colin.

Grace sursauta.

— Tu travailles avec moi sur ce projet dans le seul but de duper ton père ? reprit-il d'une voix dure.

Eplorée, elle jeta tous ses arguments dans la balance :

— Je te jure que non ! Je veux lui présenter ton idée, et la lui faire accepter. Tu m'as bien dit que tu te moquais de qui obtenait le contrat, du moment que Pineapple House était reconstruite ?

Incapable de comprendre les explications de Grace, Colin tournait en rond dans sa tête : la compétition était truquée ! Hazelwood et Harrington allaient arracher le contrat ! Le père de Grace l'avait ridiculisé. Toute cette histoire d'appel d'offres n'était qu'un coup monté !

— Mais... pourquoi ? s'interrogea-t-il à haute voix.

— Je n'en ai pas la moindre idée. Mais je ne laisserai pas mon père gagner à ce petit jeu. Je suis engagée à cent pour cent dans le projet de Pineapple, je te le promets sur ce que j'ai de plus cher.

Colin rebroussa chemin vers l'ouverture du tunnel. Il lui fallait de l'air. Quel était l'intérêt de Harrington dans cette mascarade ? Et surtout, pourquoi Grace ne l'avait-elle pas prévenu tout de suite ?

Tout en creusant la boue de la pointe de sa chaussure, il réfléchit. Grace avait raison : jusqu'à cet instant, il se moquait pas mal de qui obtiendrait le contrat, du moment que Pineapple House était rebâtie. A présent, à la lumière de ce qu'il venait d'apprendre, tout devenait différent. Parce que H et H avait conclu cet accord bien avant que Gilmore ne fasse semblant d'ouvrir un appel d'offres.

L'amertume envahit son cœur. N'est-ce pas ainsi que va le monde ? Les riches tirent les ficelles, contrôlent tout. C'était contre cette injustice que Marguerite avait combattu toute sa vie, avec ses faibles moyens.

Il se tourna vers Grace, et refusa de se laisser émouvoir par les larmes qui ruisselaient le long de ses joues.

— Pourquoi ne m'as-tu rien dit ? exigea-t-il.

— Parce que... je ne voulais pas interrompre cette... chose entre nous.

Une chose ? Ce qui se passait entre eux était une *chose* pour elle ?

— Et parce que je suis fière de ce que tu veux faire de Pineapple House.

L'écho de son « Je t'aime » résonnait dans l'esprit de Colin comme des coups de marteau. Quel ridicule pantin il était ! Stupide et dupe ! Pas étonnant que Grace ne l'aime pas ! Manipulatrice comme son père, voilà sa vraie nature. Elle serait bientôt l'enfant chérie de H et H. Tout en s'étant envoyée en l'air avec le crétin qu'elle avait embobiné !

158

Les vagues qui s'écrasaient au pied de la falaise semblaient éclater dans le cerveau de Colin. Peu à peu, le puzzle se mettait en place.

— Quand exactement as-tu surpris cet entretien entre Leonard et ton père ? demanda-t-il.

Gracie regarda par terre, puis leva les yeux vers lui.

— Le matin après que… nous… quand je suis descendue chercher le café.

Colin demeura bouche bée.

— Le tout premier jour où nous avons fait l'amour ?

Les yeux pleins de larmes, elle tenta de se défendre :

— Ecoute-moi ! Mon père me manipule depuis que j'existe. Mais cette fois-ci, je ne le laisserai pas gagner.

Colin rit avec dégoût.

— Comme c'est pratique ! Tu te sers de moi pour te venger de ton père !

Frustrée, Grace s'écria d'une voix tendue :

— Ce n'était pas du tout ça !

Lui tournant le dos, Colin contempla la crête moutonneuse des vagues argentées de l'Atlantique en pesant les options. S'il reculait maintenant, Pineapple House ne serait sans doute jamais reconstruite. D'un autre côté, ne pas reculer ne servirait à rien, puisque Harrington avait remporté le contrat, et ferait ce qu'il voudrait de la propriété.

Les dés étaient pipés d'avance. Comme Marguerite et les Rebelles de la Restauration avant lui, il allait devoir se battre différemment. Avec son intelligence et sa créativité.

Il pivota sur lui-même et affronta Grace. L'ironie de la situation le fit frémir. Au départ, elle rêvait d'amour, et lui ne pensait qu'au sexe. Maintenant, elle avait eu tout le sexe possible, et lui était tombé amoureux.

En fait, Pineapple House était le moindre de ses problèmes. Il y avait bien plus grave : il aimait Grace et elle l'avait trahi. La vie lui administrait une nouvelle preuve éclatante de ce qu'il savait déjà : il faut se méfier de l'amour comme de la peste !

— Je démissionne, lança-t-il. Je téléphonerai demain à Gilmore.

Grace sursauta et protesta :

— Comment peux-tu abandonner tes rêves ?

— Je n'abandonne rien.

Sans attendre, il prit le chemin du retour. Il entendit là voix de Grace, perdue dans les rafales de vent :

— Et Pineapple ? cria-t-elle. Et nous ?

Il se retourna d'un bloc, le regard froid et dur.

— *Nous* ? Il n'y a pas de nous. Pour toi, tout ça était un jeu. Et tu as enfreint… les règles.

Un petit rire triste lui échappa, lorsqu'il conclut :

— Qui aurait cru que tu deviendrais maîtresse dans l'art de transgresser les règles ?

Les mains enfoncées dans ses poches, il reprit le sentier de la Corniche. Au bout de quelques minutes, il se retourna. Grace avait disparu. Elle avait dû emprunter le tunnel et déboucher de l'autre côté. Elle atteindrait Bellevue Avenue avant lui.

Chaque fibre de son être lui soufflait de la rejoindre. Cependant, il se raidit contre lui-même et ignora la boule qui se formait dans sa gorge. Il se remit à marcher tout seul, envisageant avec horreur l'avenir en friche qui se profilait devant lui.

Un avenir sans la femme qu'il aimait.

11.

— M. Harrington est en ligne avec Londres et ne veut pas
être dérangé.

Mâchoires serrées, Grace posa sur la secrétaire un regard
dur :

— Dites à mon père que je veux lui parler. J'attendrai le temps
qu'il faudra.

Tandis que l'assistante disparaissait derrière la lourde porte en
acajou du bureau d'Eugène Harrington, Grace se laissa tomber
sur une chaise de la réception. Depuis deux jours, elle tentait par
tous les moyens de joindre son père, aussi bien au bureau qu'à la
maison, sur son portable et sa boîte électronique. Comme il ne
daignait pas répondre à ses messages, elle s'était résignée à faire
le trajet jusqu'à Boston pour le rencontrer.

Quitter Newport ne lui avait posé aucun problème. La Grande
Remise était devenue désespérément calme et vide. Après leur
séparation sur la Corniche, pour se remettre les idées en place,
elle avait erré pendant deux heures dans les rues de Newport. A
son retour à Edgewater, Leonard, les traits tirés, lui avait annoncé
le départ précipité de Colin. Depuis, elle passait son temps à se
morfondre dans l'atelier silencieux.

Elle n'avait pas eu le courage de poser la moindre question
à Leonard. Le départ de Colin ne la surprenait d'ailleurs pas.
Depuis le début, elle savait comment se terminerait leur histoire.

Il avait besoin d'un prétexte pour la quitter, et elle lui avait tendu le bâton pour se faire battre.

Pourtant, n'avait-il pas dit : « Je t'aime, Gracie » ?

A ce souvenir, elle enfonça ses ongles dans les paumes de ses mains. Il ne fallait accorder aucun crédit à ces mots, se répéta-t-elle pour la énième fois. Les déclarations d'un homme qui sombre dans les vertiges de la volupté ne sont pas fiables. Son amie Allie, experte en la matière, le lui avait confirmé. « Dans ces moments-là, ils disent n'importe quoi ! » avait-elle proclamé.

La nuit où Colin était parti, Grace avait erré un long moment dans le parc. Puis elle avait trouvé refuge dans l'atelier, s'était mise en boule sur le siège de son amour perdu, et avait sangloté pendant des heures. Incapable de dormir dans sa propre chambre, elle avait finalement traversé le couloir, pour s'enfouir dans le lit de Colin, en serrant contre elle son oreiller. A la recherche de son odeur tant aimée...

Bien qu'enfantin, cela lui avait cependant apporté un réconfort passager.

Après deux jours d'efforts infructueux pour travailler, elle avait plié bagage, pris congé de Leonard, et regagné ses pénates à Boston sans en aviser Gilmore. Elle laissait ce soin à son père. La seule chose qui l'intéressait, désormais, c'était de comprendre la raison des actes d'Eugène Harrington.

La porte en acajou s'ouvrit, et la secrétaire sortit du bureau en secouant la tête.

— Pas tout de suite, annonça-t-elle d'une voix douce.

Grace bondit sur ses pieds. Avec résolution, elle se dirigea vers la porte encore entrebâillée et entra. Lui tournant le dos, un téléphone sans fil à l'oreille, son père se tenait debout devant la baie vitrée. Comme à son habitude, il contemplait tout en parlant la vue panoramique sur le port de Boston.

— Je veux te parler, exigea-t-elle. Tout de suite !

Au son de la voix de sa fille, Harrington pivota sur lui-même et lui lança un regard courroucé.

— Je vous rappelle plus tard, dit-il à son interlocuteur. J'ai une urgence.

Reposant le téléphone, il indiqua un siège à Grace.

Elle secoua la tête et croisa les bras sur sa poitrine. Pas question de s'installer dans une position inférieure, de permettre à son père de la dominer de sa haute taille.

— Je t'appelle depuis deux jours, commença-t-elle bille en tête.

Eugène Harrington contourna son bureau et prit place dans son fauteuil directorial.

— J'ai beaucoup de travail, répondit-il d'un ton vague. Pourquoi n'es-tu plus à Newport ?

Calmement, Grace se permit pour la première fois de sa vie de dire à son père le fond de sa pensée :

— Laisse-moi te poser une question beaucoup plus importante : que faisais-je à Newport ?

— Tu travaillais à obtenir le chantier de reconstruction d'Edgewater.

Harrington regarda son téléphone d'un air dégoûté et ajouta :

— Je viens d'ailleurs d'apprendre que Gilmore lance un nouvel appel d'offres.

Déstabilisée, Grace réfléchit à toute allure. Si son père avait remporté le contrat et arrangé la mascarade des trois semaines de délai, pourquoi Adrian Gilmore rouvrirait-il la compétition ?

Elle fit quelques pas en direction du bureau et contempla les deux photos posées près du téléphone. L'une la représentait à l'âge de sept ans, sur un manège. L'autre était une photo d'Eugène et Catherine Harrington, le jour de leur mariage. Etant donné les relations distendues de ses parents depuis une quinzaine d'années, Grace se demanda pourquoi son père conservait ce cliché.

— Cette fois-ci, l'offre est limitée à une petite poignée d'architectes, reprit Harrington. Grâce au ciel, nous en faisons toujours partie.

— Cela me surprend. Je pensais que tu avais manigancé cette compétition, en accord avec Gilmore.

Harrington fronça les sourcils.

— Pas du tout ! Tout a changé quand McGrath s'est désengagé sans la moindre explication. Sais-tu pourquoi il a fait ça ?

— Je suis venue pour poser des questions. Pas pour y répondre.

Son audace toute neuve procura à Grace un petit frisson de plaisir. Sentant sa confiance en elle-même se renforcer, elle s'assit enfin en face de son père.

— Je veux savoir pourquoi tu as organisé cette comédie, et m'y as fait jouer un rôle sans me prévenir.

Les yeux d'Eugène Harrington s'étrécirent.

— Tu te trompes, insista-t-il.

— Tu mens !

Il sursauta et se racla la gorge.

— Ce n'était pas une comédie, corrigea-t-il, mal à l'aise. A mon époque, on appelait ça un… un arrangement.

Grace se pencha vers son père.

— Un arrangement ? Que veux-tu dire ?

Le regard de Harrington se posa un instant sur le visage de sa fille. Puis il se leva, retourna à la fenêtre et contempla le port de Boston. Enfin, croisant les bras, il expira longuement.

— Je veux dire que… j'essayais d'arranger un mariage.

Arranger un mariage ? Le sang se retira du visage de Grace.

— Pardon ? dit-elle d'une voix blanche.

— Je pensais que McGrath et toi étiez faits l'un pour l'autre.

Grace essaya de se lever, mais ses jambes se dérobèrent sous elle. En désespoir de cause, elle s'appuya au dossier de sa chaise et dévisagea son père. Tout à coup, un rire bref lui monta aux lèvres.

— Tu plaisantes, j'espère ?

Il secoua la tête.

La stupéfaction laissa Grace muette. Une telle ampleur dans la manipulation dépassait ce dont elle aurait cru son père capable.

— Tu… m'as poussée dans les bras de Colin McGrath, pour arranger un mariage entre nous ?

Un regard de défi au fond des yeux, Eugène Harrington répliqua :

— Je veux que tu trouves l'amour, Grace. Est-ce si difficile à comprendre ? Je veux que tu sois plus heureuse que…

Son regard dériva vers la photo près du téléphone et il poursuivit :

— Comme tous les pères depuis la nuit des temps, je souhaite que tu fasses mieux que moi.

L'espace d'une longue minute, Grace ne trouva pas ses mots. Puis elle demanda :

— Tu ne me crois donc pas capable de parvenir à quelque chose par moi-même ?

Un sourire mal assuré aux lèvres, Harrington répliqua :

— Bien sûr que si. Je voulais juste te donner un petit coup de pouce. Ce jeune homme t'aime profondément.

— Comment diable peux-tu le savoir ? Tu ne l'as rencontré qu'une fois !

— Et je ne l'ai jamais oublié. J'aurais remué ciel et terre pour qu'il entre à H et H. Mais il a refusé sans appel.

— Il est bien trop indépendant !

— Sans doute. Mais c'est à cause de toi qu'il a refusé, Grace. Au cours de notre entretien, il pouvait à peine prononcer ton nom. Et quand par hasard il le faisait, une lumière illuminait son regard.

Le cœur de Grace palpita. Elle aussi avait vu cette lumière dans les yeux de Colin, et elle l'avait éteinte… avec l'aide de son père.

— Il m'a avoué qu'il t'admirait depuis vos années de fac. Et qu'il ne pourrait pas travailler pour H et H, à cause de ce qu'il éprouvait pour toi.

Harrington reprit place dans son fauteuil.

— C'est un homme intègre, reprit-il. Intègre, talentueux, et amoureux de ma fille.

Il haussa les épaules, comme s'il admettait l'ampleur de l'erreur qu'il avait commise, et ajouta :

— Je voulais seulement t'aider…

— M'aider… en arrangeant mon destin à ta guise ?

Croisant les bras sur la table, il se pencha en avant :

— J'aime contrôler les choses, je le reconnais. D'ailleurs, tu as hérité de moi ce trait de caractère !

Une froide fureur bouillonnait en Grace, contrebalancée par son bon sens et… l'amour qu'elle portait à son père. Car, malgré tout, elle l'aimait, reconnut-elle. Et lui, à sa manière maladroite, froide et dominatrice, la chérissait aussi.

— Ce que je ne comprends pas, dit-elle, c'est pourquoi Gilmore a accepté d'entrer dans ta combine.

Harrington prit un air d'excuse :

— Et pourtant, il l'a fait… Il m'a même proposé les services de Leonard.

Grace secoua la tête pour retrouver sa clarté d'esprit.

— Je donne ma démission, dit-elle enfin. Elle prend effet à l'instant même.

Ecarquillant les yeux, Harrington bondit sur ses pieds.

— Quoi ?

— Je quitte H et H, père. Je m'installe à mon compte.

La voix de son père résonna dans la pièce :

— Tu ne peux pas démissionner ! Que feras-tu, toute seule ?

Grace se leva et répondit d'une voix calme :

— D'abord, je vais m'occuper du contrat pour Edgewater.

A ces mots, les mâchoires de son père se contractèrent. Elle vit la petite veine familière battre à sa tempe, comme chaque fois qu'une situation lui échappait.

— Si tu te sers de nos idées pour concourir, ce sera une rupture de tes engagements vis-à-vis de H et H, menaça-t-il.

— Ne t'inquiète pas, rétorqua-t-elle d'un air dédaigneux. Je n'ai aucune intention de reconstruire Edgewater.

Sur ce, elle pivota sur ses talons et quitta la pièce.

Tout en grimpant les marches en marbre menant à la salle de conférence de l'hôtel Ritz Carlton de Boston, Grace lissa d'une main le joli pull rose vif et la jupe noire moulante qu'elle avait choisis pour se présenter devant Gilmore.

En fait, sa tenue ne comptait pas pour grand-chose dans la joyeuse assurance qu'elle affichait. Si, malgré son cœur brisé, elle se sentait légère aujourd'hui, c'est parce qu'elle avait trouvé la force de fonder son propre cabinet : Harrington Designs, et parce que son cabinet tout neuf avait été retenu pour la compétition finale. Cela donnait à son ego un coup de fouet salutaire.

Avant la fin de la journée, songea-t-elle avec confiance, Harrington Designs aurait son premier gros client. Adrian Gilmore ne lui avait pas révélé combien de firmes restaient en compétition, mais cela importait peu. Certes, elle serait en concurrence avec H et H. Toutefois, ses idées étant aux antipodes, elle gardait toutes ses chances de l'emporter.

Diane, la secrétaire de Gilmore, l'accueillit avec un grand sourire et la fit entrer.

— Installez-vous, lui dit-elle. J'attends encore deux autres firmes, et Adrian sera là dans quelques minutes.

Trois concurrents se trouvaient donc en lice, en conclut Grace. Elle entra dans la salle de conférence vide, choisit un siège à la grande table, ouvrit son portfolio, et en tira un dossier. Elle pouvait être fière de sa première présentation officielle, se réjouit-elle en y jetant un dernier coup d'œil.

Elle reconnut le rire de son père, tandis qu'il entrait dans la salle en compagnie de Gilmore. Tous trois se saluèrent avec bonhomie. Adrian s'était montré surpris de la démission de Grace du cabinet de son père, mais il estimait suffisamment son talent pour la retenir dans le dernier groupe de concurrents.

L'homme d'affaires prit place en bout de table. Eugène Harrington s'assit à son côté. Lançant un coup d'œil à sa montre, Gilmore s'adressa à sa secrétaire :

— Si McGrath n'est pas là dans deux minutes, il est exclu de la compétition.

McGrath ! La belle assurance de Grace retomba comme un soufflé. Ses jambes lui parurent soudain en plomb et un vide se fit dans son estomac.

— Pas question de m'exclure, Adrian ! J'ai les plans gagnants dans ma sacoche ! Et la meilleure équipe du monde !

La voix profonde de Colin atteignit Grace de plein fouet, au moment même où son odorat aiguisé repérait les premiers effluves de son parfum.

Trois hommes firent irruption dans la salle. Grands, imposants, irrésistibles. Ils se ressemblaient… tout en étant très différents.

L'un, blond et coiffé avec soin, portait un costume sorti de chez un grand faiseur. A son côté, se tenait une copie presque conforme de Colin : les même épais cheveux noirs, mais portés courts. Avec son pantalon kaki et son blazer, il avait l'air d'un yachtman.

A peine arrivés, les frères McGrath accaparaient tout l'espace de la pièce ! Le dernier, Colin, leur emboîtait le pas d'un air nonchalant, nullement troublé d'être en retard.

Grace rassembla ses forces pour affronter la rencontre, puis se leva.

A sa vue, Colin se figea sur place une fraction de seconde. Après quoi il la parcourut du regard des pieds à la tête.

— Bonjour, Grace, dit-il enfin.

Blessée qu'il n'ait pas utilisé le diminutif qu'il lui réservait d'habitude, elle répondit par un léger signe de tête.

Tout le monde se serra la main, et Colin présenta ses frères, Cameron et Quinn.

— Excusez-moi de ne pas être venu seul, expliqua-t-il d'une voix calme à Gilmore. Mais mes frères ont pris une part importante dans la mise au point de mon projet.

L'estomac de Grace se contractait de plus en plus. Quel projet Colin allait-il présenter ? Pas un instant elle n'avait pensé concourir contre lui.

— Pas de problème, répondit Adrian. H et H est sorti premier au tirage au sort. C'est donc à Eugène de commencer.

— Mais…, intervint Colin. Je croyais que trois cabinets restaient en lice ?

— C'est exact. Vous, Hazelwood et Harrington, et le tout nouveau cabinet Harrington Desings, acheva Gilmore en désignant Grace du menton.

Cette fois-ci, Colin ne parvint pas à cacher sa surprise.

— Eh bien… félicitations, Grace !

Le sang battait dans les veines de la jeune femme et ses oreilles bourdonnaient. Elle adressa à Colin un sourire neutre, sans commune mesure avec la bataille qui faisait rage en elle.

Eugène Harrington mit en route sa série de diapositives, et se lança dans son exposé. Refusant de céder à la tentation de regarder les trois hommes assis près d'elle, Grace mobilisa toute son attention sur le travail de son père. Une seule fois, elle tourna la tête, et vit le regard bleu foncé de Cameron posé sur elle. Le visage plus sérieux, plus creusé que celui de son frère cadet, il n'en était pas

169

moins très séduisant. Tout à fait hors de propos, elle se demanda quelles cicatrices avait laissées sur lui l'abandon de sa mère.

Elle s'admonesta en son for intérieur, et reprit le fil de la présentation de son père. H et H préconisait une réplique d'Edgewater à l'identique ainsi que la construction d'une fontaine, ornée d'un ananas sculpté, clin d'œil au passé et à Pineapple House.

A la fin de l'exposé, Gilmore ne fit aucun commentaire et se contenta de demander à Grace de prendre la relève.

Afin de ne pas perdre contenance, elle décida de ne pas regarder Colin pendant sa présentation. Cependant, au moment d'exposer l'histoire des fondateurs de Newport, et la bataille menée par certains pour sauver de l'oubli des demeures de cette époque, elle ne put s'empêcher de regarder dans sa direction.

Cela lui fut presque fatal. Les yeux de Colin la contemplaient, chauds, pleins de tendresse et d'admiration.

« Je t'aime. »

Les mots résonnèrent dans la tête de Grace, comme ils l'avaient fait au cours de ce pluvieux après-midi, dans le tunnel. Pourquoi les avait-il prononcés ? Pourquoi lui avoir donné un tel espoir, pour ensuite s'enfuir sans lui laisser une chance de s'expliquer ?

Perturbée, elle trébucha sur le choix d'une expression et fit une pause pour reprendre ses esprits. Combattant un accès de panique, elle toussa, se racla la gorge et but une gorgée d'eau. Puis, évitant le regard de Colin, elle reprit le cours de son projet de reconstruction de Pineapple House sur l'emplacement d'Edgewater.

Quand elle eut achevé, elle rassembla son matériel et rejoignit sa place. Comme Colin la croisait pour lui succéder, il lui murmura :

— Bravo ! Tu as été brillante.

Pour Grace, le temps s'arrêta. Elle se sentit comme en lévitation. La gorge nouée, elle murmura en retour :

— Merci.

Les trois McGrath entreprirent alors de présenter leur projet. D'emblée, la riche voix de baryton de Colin emplit la pièce et captiva l'assemblée. Avec son jean délavé, sa chemise bleue, ses cheveux rassemblés par un lien de cuir et son anneau à l'oreille, il ressemblait davantage à un cow-boy qu'à un architecte confirmé.

A l'aide d'un ordinateur, il présenta ses idées, tandis que ses plans, originaux et très fins, s'affichaient à l'écran.

— Je me propose de diviser le domaine d'Edgewater en deux parcelles différentes, expliqua-t-il. Sur la plus grande s'élèvera l'un des manoirs les plus imposants jamais construits aux Etats-Unis. Un des fleurons de l'époque victorienne, célébrant à grande échelle le succès et la prospérité de la Nouvelle-Angleterre. Ce sera le nouvel Edgewater.

Sur l'écran se projeta la façade originelle du manoir. Légèrement modifiée, elle comportait à présent en guise de toit une verrière en forme de dôme, et d'élégantes fenêtres en arche. L'effet était saisissant.

— Ce n'est pas tout, reprit-il. Mais d'abord, je laisse le soin à Quinn de vous expliquer la division du domaine.

Pendant les quelques minutes suivantes, Quinn s'exprima avec la tranquille autorité de quelqu'un qui possède son sujet. Tout en introduisant dans ses propos humour et chaleur, il expliqua le vide juridique qui permettait de séparer le domaine d'Edgewater en deux.

Adrian Gilmore écoutait, captivé.

Colin reprit ensuite la parole et afficha à l'écran la façade de Pineapple House.

— Grace Harrington vous a exposé avec brio l'histoire et l'importance de cette demeure. Mais plutôt qu'une résidence, je suggère d'en faire un bâtiment public. Un musée, qui montrera aux visiteurs à quoi ressemblait Newport bien avant le XIXe siècle.

Les yeux fixés sur Adrian Gilmore, Colin poursuivit de sa voix persuasive :

— Dans ce scénario, vous offrez à la ville de Newport le terrain, en même temps que la nouvelle construction. L'ensemble serait confié à une équipe de restauration de bâtiments professionnelle, tous descendants d'un groupe d'historiens et de conservateurs du patrimoine.

Ainsi revivraient les Rebelles de la Restauration ! songea Grace. Quelle merveilleuse idée ! Elle en avait la chair de poule.

A ce point de l'exposé, Cameron prit la parole. Il dévoila un plan de financement complexe, qui permettrait à Gilmore de payer tout le projet, mais de se rembourser avec les entrées du musée.

— Avec une mise de fonds minimale, conclut Colin, vous serez célébré en héros par les amoureux de l'histoire de cette région.

Génial ! s'enthousiasma Grace en son for intérieur. Les croquis de Colin étaient incomparables, son plan audacieux sans être risqué. Adrian aurait à la fois son manoir et ferait figure de sauveur du patrimoine.

Au moment où Colin mit le point final à son exposé, la victoire lui était acquise aux yeux de tous, sans contestation possible.

Les épaules de Harrington s'affaissèrent. Adrian Gilmore avait interrompu vingt fois Colin, entrant dans les détails, posant des questions, sans dissimuler son intérêt.

Quand la réunion s'acheva, Grace rangea ses documents dans son portfolio. Elle s'apprêtait à partir lorsqu'une main ferme se posa sur son bras. Levant la tête, elle rencontra un regard bleu sombre.

— Votre présentation m'a beaucoup plu, dit Cameron.

— La vôtre aussi. Le projet de Colin emporte l'adhésion !

Cameron lança un regard en direction de son frère, en conversation avec Gilmore.

— Mon petit frère a beau être brillant, il est parfois un peu trop… impulsif. Trop honnête. Trop têtu.

Où Cameron voulait-il en venir ? Grace le scruta.

— Il sait ce qu'il veut, répliqua-t-elle.

— Mais il n'a pas toujours assez confiance en lui pour l'obtenir.

Grace sentait que la conversation entre Colin et Gilmore s'achevait. Elle n'avait qu'une idée en tête : s'enfuir. Les larmes qu'elle refoulait depuis un mois menaçaient à tout instant de déborder.

— Heureuse de vous avoir rencontré, dit-elle d'une voix faible.

Puis elle se précipita vers la sortie.

Elle arrivait en haut de l'escalier de marbre quand la voix de Colin l'arrêta :

— Tu es pressée ?

Elle tenta un large sourire.

— J'ai un autre rendez-vous, mentit-elle. Félicitations ! Tu as arraché ce contrat de main de maître !

Colin ouvrit la bouche pour répondre, mais Diane, la secrétaire, l'appela.

— Ne partez pas ! M. Gilmore veut vous parler, ainsi qu'à vos frères.

— Dans une minute, lança Colin par-dessus son épaule.

Puis, regardant Grace au fond des yeux, il s'enquit :

— Comme ça, tu as quitté H et H ?

Elle acquiesça de la tête.

La mâchoire de Colin se crispa, comme chaque fois qu'il luttait pour ne pas dire ce qu'il pensait.

— Je… je tiens à te dire… que tu as fait du très bon boulot.

— Merci. Mais il était impossible de surpasser l'équipe que tu formes avec tes frères. Question de gènes, je suppose.

Colin haussa les épaules.

— Les gènes de mon père, alors, précisa-t-il.

Grace descendit une marche. Cependant, la douleur dans le ton de Colin était si palpable qu'elle s'arrêta. Elle leva la tête vers lui et posa sa main sur son bras en disant :

— Tu es le fruit de ton passé… pour le meilleur et le pire. Ce qui t'est arrivé dans ton enfance t'a façonné. Et le résultat est… est… merveilleux.

Sur ces mots, la voix de Grace s'érailla, et les larmes tant contenues se mirent à couler.

— Gracie, écoute-moi…, commença Colin.

Mais la voix de Gilmore retentit :

— McGrath, je vous attends, bon sang !

Colin ferma un instant les yeux. Ce contrat promettait de ne pas être de tout repos !

C'est alors que l'évidence frappa Grace. Pourquoi se retenir ? Pourquoi vouloir contrôler l'incontrôlable ? Elle serra le bras de Colin et prit une profonde inspiration avant de dire :

— Je t'aime. Je t'aime depuis le premier jour, et t'aimerai sans doute toujours.

Il écarquilla les yeux et ouvrit la bouche pour parler. Malheureusement, Gilmore s'avançait vers lui le regard furibond. Il prit Colin par l'épaule et l'entraîna dans la salle de conférence en aboyant :

— Le temps, c'est de l'argent, mon vieux !

Grace se tint en haut de l'escalier et regarda Colin s'éloigner. Cependant, juste avant de disparaître, il se retourna. Sur ses lèvres, elle lut :

— Je t'aime aussi.

Étourdie, elle resta cinq minutes au même endroit sans bouger, en essayant de comprendre ce qui venait de se passer.

Puis elle rejoignit son appartement, avec la ferme intention d'enfreindre une dernière résolution.

Elle avait besoin d'une boisson alcoolisée. De toute urgence !

12.

11 heures sonnaient lorsque le taxi déposa Colin au pied d'un petit immeuble dont il avait trouvé l'adresse dans l'annuaire. Lui et ses frères venaient de consacrer leur soirée à Gilmore. Long dîner, suivi de quelques verres dans plusieurs bars différents… jusqu'à ce que, dans un pub irlandais, Quinn le prenne à part et le pousse vers la sortie. Le visage empreint du sérieux et de la sincérité qui le caractérisaient, il lui avait dit :

— Magne-toi ! Cherche son adresse, et fais ce que tu dois faire. Crois-moi, vieux, avait-il ajouté, quand on trouve chaussure à son pied, on ne la laisse pas passer les bras croisés.

Colin ne se l'était pas fait dire deux fois. Il s'était précipité dans la rue pour héler un taxi, auquel il avait enjoint de rejoindre Dartmouth Street au plus vite.

Sur le trottoir, le nez en l'air, Colin se félicita une fois de plus de sa chance. Cette fenêtre encore éclairée au troisième étage appartenait peut-être à l'appartement 3A. Si tel était le cas, cela signifiait que Grace ne dormait pas, et qu'elle accepterait l'offre éperdue qu'il brûlait de lui faire.

Il appuya le doigt sur l'Interphone et attendit, plein d'espoir. Une voix inconnue lui répondit. Allie ! se souvint-il. La colocataire de Grace. Il se présenta et perçut une hésitation chez la jeune femme. Finalement, elle débloqua la porte d'entrée de l'immeuble.

175

Il grimpa les marches quatre à quatre et s'apprêtait à frapper à la porte, lorsqu'elle s'ouvrit.

Une jolie jeune femme brune en robe de chambre se tenait devant lui.

— Grace est-elle là ? demanda Colin avec son plus charmant sourire.

— Elle est… indisposée, pour le moment.

— Euh… puis-je l'attendre ?

Allie haussa les épaules et l'invita à entrer.

— Ça peut durer un moment… Elle était partie très loin.

— Partie ? Où ça ?

La jeune femme le précéda jusqu'au salon. Elle prit sur la table basse une bouteille de vin à moitié vide et jeta un coup d'œil à l'étiquette.

— Quelque part à Napa Valley.

Bouche bée, Colin contempla un instant la bouteille.

— Gracie ? Ivre ?

— Parfaitement. Elle était dans un sacré état, quand je suis rentrée ! Je suis Allison Powers, ajouta-t-elle en tendant la main.

— Et moi…

— Je sais qui vous êtes, monsieur l'Etalon.

— Pardon ? s'exclama Colin.

L'air entendu, Allie répliqua :

— Cette chère Grace devient très coquine, dès qu'elle a bu un petit coup de trop.

Décontenancé, Colin jeta un regard autour de lui. Il reconnut le joli pull que Grace portait dans la salle de conférence du Ritz Carlton. A présent, il gisait au sol, à l'envers, non loin d'une chaussure à talon aiguille. La deuxième semblait avoir été balancée à l'autre bout de la pièce.

Colin n'en revenait pas. Qu'était-il advenu de Grace Harrington, vierge, sobre, maniaque de l'ordre ? La réponse lui sauta aux yeux : son irruption dans sa vie l'avait métamorphosée.

Suivant son regard, Allie commenta :

— Elle s'est débarrassée de ses vêtements au deuxième verre.

Estomaqué, Colin encaissa le choc. A cause de lui, Grace se dévergondait, sortait de sa réserve naturelle.

Imperturbable, Allie poursuivit ses révélations :

— Au troisième verre, elle a éclaté en sanglots interminables.

Par-dessus le marché, se désola Colin, il lui avait brisé le cœur. C'était le bouquet ! Son estomac se révulsa.

— Je veux la voir tout de suite, dit-il.

L'air sceptique, Allie objecta :

— Elle dort depuis plusieurs heures. Je ne sais pas…

Il y eut un silence puis, le regard lourd de reproche, elle reprit :

— Quand elle est partie pour Newport, Grace était une jeune femme assurée et bien dans sa peau. Mais elle est revenue en mille morceaux. Beau résultat…

— S'il vous plaît…, murmura Colin. Je peux réparer tout ça.

Allie le contempla pendant quelques secondes, avant d'indiquer le corridor d'un mouvement de la main.

— Première porte à droite.

La remerciant d'un hochement de tête reconnaissant, il se dirigea vers la chambre. La pièce était sombre et seule la respiration de Grace, entrecoupée de gémissements plaintifs, troublait le silence. Il en fut bouleversé.

Au cours du mois écoulé, il avait eu plusieurs discussions à cœur ouvert avec ses frères et Marguerite. Toutefois, aucune ne l'avait autant ébranlé que ce qu'il avait vu aujourd'hui dans cette salle de conférence ; une femme assez forte pour atteindre seule les sommets les plus élevés de la compétition. Assez fière pour risquer sa carrière en s'éloignant d'un père certes puissant mais manipulateur. Une femme assez lucide pour lâcher prise le moment venu.

Une femme qu'il aimait…

Il enleva ses chaussures et se glissa dans le lit tout contre Grace. Elle gémit en sentant le matelas bouger, se retourna et, dans son sommeil, enroula sa jambe autour du corps de Colin.

Le cœur de celui-ci palpita dans sa poitrine. L'emmêlement de leurs deux corps lui parut la chose la plus naturelle du monde. La plus parfaite. Comment avait-il pu envisager une seconde de vivre sans Gracie ? L'aimer était un honneur. Un privilège.

Colin posa une main sur son épaule, et reconnut l'étoffe de son vieux T-shirt de l'université. Il sourit dans le noir et l'enlaça.

— Mais…, chuchota-t-il, ne serait-ce pas Gracie, endormie, avec mon T-shirt de CMU ? Nous avons déjà vécu cette scène, me semble-t-il.

Elle soupira doucement, puis sa respiration reprit son cours régulier.

— La dernière fois, je t'ai laissée partir. Je n'aurais pas dû.

— Colin, murmura Grace dans son sommeil.

Il lui caressa la joue, repoussa une mèche de cheveux derrière son oreille.

— Je ne referai jamais cette erreur, lui promit-il en déposant un doux baiser sur sa joue. Parce que, au cours du mois qui vient de s'écouler, j'ai découvert une nouvelle loi d'architecture. Tu veux savoir laquelle ?

Grace demeura inerte.

— En l'absence de Gracie, le monde se réduit à deux dimensions. Sans profondeur. Sans couleur. Informe. Je n'aime pas ce monde, ma chérie. Je ne veux pas vivre sans toi.

Elle inspira profondément et exhala un soupir mentholé. Attendri, Colin sourit. Seule Grace Harrington pouvait s'enivrer et songer à se laver les dents avant de se coucher !

— Je suis venu te dire que Gilmore m'a accordé le contrat, chuchota-t-il. Et il m'a raconté toute l'histoire du complot de ton père pour nous mettre en contact. Tu te rends compte ? Il pensait que nous étions faits l'un pour l'autre !

La respiration de Grace se modifia. Dormait-elle toujours ? se demanda-t-il. Ses yeux s'étaient habitués à l'obscurité, et il voyait à présent son beau visage au repos. Il la serra de plus près dans ses bras.

— J'ai une proposition à te faire, murmura-t-il.

Pas de réaction.

— Tu as fait du beau travail, aujourd'hui. Des idées de premier ordre. Et en plus, dans ce pull rose, tu étais craquante.

Il y eut un temps mort dans la respiration de Grace. Espérant qu'elle l'écoutait, Colin continua à murmurer dans le noir :

— J'ai décidé que nous devrions travailler ensemble, Gracie. Reconstruisons le manoir et la maison. Tous les deux.

Les doigts enfouis dans la chevelure de sa bien-aimée, il poursuivit son monologue :

— Fusionnons nos cabinets, ma chérie. Pour n'en faire qu'un seul. McGrath... et McGrath.

Colin sentit le corps de Grace se raidir. Maintenant, il en était sûr, elle ne dormait pas. Son pouls s'accéléra.

— Qu'en penses-tu ? demanda-t-il.

Elle leva vers Colin un regard embrumé de sommeil.

— Soit je suis encore un peu ivre... soit je suis en train de faire le rêve le plus merveilleux qu'on puisse imaginer...

« Qu'elle est belle ! » songea-t-il.

— Tu ne rêves pas, et tu es assez sobre. Que penses-tu de ma proposition ?

— As-tu dit McGrath... et *McGrath* ?

Colin lui souleva le menton et déposa un baiser sur ses lèvres.

— Je pensais que tu changerais de nom en m'épousant… Mais ce n'est pas une obligation.

Rejetant un peu la tête en arrière, Grace le regarda dans les yeux.

— Tu es en train de me demander en mariage ?

Il ferma les yeux et la serra contre lui.

— Je ne te le demande pas. Je t'en supplie. Je t'aime, et je veux passer le reste de ma vie à te le prouver.

Les yeux de Grâce scintillèrent dans le noir.

— Moi aussi, je t'aime, murmura-t-elle. Jamais je ne te trahirai, ni ne cesserai de t'aimer.

Une boule se forma dans la gorge de Colin.

— Je le sais, ma chérie. Je le sais.

Grace se lova contre lui.

— Ne me laisse pas me réveiller de ce rêve merveilleux, souffla-t-elle.

— Pourtant, tu ferais mieux de te réveiller ! Nous avons plein de trucs à faire.

— Quels trucs ?

— Edgewater. Pineapple House…

Il fit une pause et la serra dans ses bras à l'écraser, avant de reprendre :

— Une famille. Un avenir. Notre vie ensemble.

Grace posa la tête sur la poitrine de Colin.

— Quand commençons-nous ? demanda-t-elle.

Glissant une main sous son T-shirt, il caressa la peau soyeuse de la femme de sa vie.

— Maintenant, dit-il d'une voix rauque.

Elle gémit doucement et arqua son corps contre le sien.

— A une condition, susurra-t-elle en refermant ses lèvres sur le lobe de l'oreille de son compagnon.

— Tout ce que tu voudras…

D'une main experte, elle dénoua le lien qui retenait les cheveux de Colin et roula sur lui.

— Plus de règles, dit-elle en frottant la pointe de ses seins contre le buste de l'homme de sa vie.

Leurs lèvres se joignirent en un baiser profond. Puis ils entreprirent de passer la nuit à enfreindre toutes les règles qui leur venaient à l'esprit.

Épilogue

Quelque part parmi les bourgeons des grands arbres, un rouge-gorge gazouillait dans la lumière matinale. Les yeux fermés, Grace imagina que l'esprit de Marguerite Deveraux se manifestait à eux de cette manière. Pour les remercier de se rassembler en son honneur, en ce jour d'inauguration des fondations de Pineapple House.

Ils formaient un petit cercle sous le vieil orme : Colin et Grace, Quinn et Nicole, sa jeune épouse, et Cameron. La brise enfla un peu, et Colin passa d'instinct un bras protecteur autour des épaules de sa fiancée.

— Il est temps, dit-il d'une voix calme.

Cameron acquiesça d'un signe de tête et déposa l'urne en forme d'ananas dans le trou profond creusé à cet effet, à l'emplacement des fondations de la future demeure. Les trois frères s'étaient retrouvés pour le service religieux. Pendant sept mois, ils avaient bataillé dur sur le plan légal et immobilier. Leur vitalité et leurs connaissances techniques leur avaient assuré la victoire. Ils avaient fait la preuve qu'en eux vivaient les gènes des Rebelles de la Restauration. Pineapple serait réédifiée, grâce à leur détermination à réaliser le rêve de leur grand-mère.

Le premier coup de pelle pour Pineapple aurait lieu en présence d'Adrian Gilmore, dans une heure environ.

Cette cérémonie-ci était privée. En l'honneur de Marguerite ; en famille.

La famille de Grace, maintenant. Les McGrath. Cela deviendrait officiel lorsqu'ils se marieraient, dans quelques mois. Ce serait la première cérémonie à se dérouler à Pineapple House. Cependant, dans le cœur de Grace, Quinn et Cameron étaient déjà des frères.

Comme elle pensait à la frêle vieille dame qu'ils avaient perdue quelques semaines plus tôt, les yeux de Grace s'emplirent de larmes.

— Elle m'a tant appris, murmura Colin.

Quinn avala sa salive avec difficulté. Serrant dans la sienne la main de Nicole, il s'adressa à son frère :

— Merci de l'avoir retrouvée. Elle a été un don du ciel pour nous tous.

Cameron entama une prière, et tous y joignirent leur voix. Tandis qu'elle prononçait les mots, Grace remarqua une présence furtive près de la grille d'Edgewater. Y regardant mieux, elle vit une dame d'un certain âge, aux cheveux poivre et sel, qui semblait bouleversée. Au moment où leurs yeux se croisèrent, Grace frémit. Un frémissement qui ne devait rien à la brise matinale.

Les yeux marron de la femme lui étaient familiers. Semblables aux yeux de Marguerite, à ceux de Colin…

La voix de Cameron faiblit. Grace tourna les yeux vers lui, et le vit regarder la femme à la grille. Il pâlit et son regard devint bleu de nuit.

Quand Grace tourna de nouveau la tête vers la grille, il n'y avait plus personne.

Sans la connaître, elle savait qui était cette femme revenue à Newport sur la pointe des pieds, pour voir ses trois fils mettre sa propre mère en terre.

Cameron acheva la prière sans que sa voix ne flanche davantage. Cependant, Grace le surprit plusieurs fois à regarder dans la direction de la grille. Leur mère avait fait le déplacement, sans pour autant trouver le courage de parler à ses fils, songea-t-elle.

Cette pensée lui déchira le cœur et elle s'appuya tendrement contre Colin.

Les yeux humides de la perte de sa chère grand-mère, il lui sourit. Leurs regards échangèrent des serments d'amour.

Grace posa la tête sur l'épaule de Colin, et fit à Marguerite une promesse silencieuse. Elle consacrerait ses jours à aimer son petit-fils, à panser ses blessures anciennes et à tempérer celles qui se présenteraient inévitablement.

Elle serait, toujours et à jamais, la femme qu'il aimait.

Le nouveau visage
de la collection Or

◆

AMOURS D'AUJOURD'HUI

Afin de mieux exprimer sa modernité et de vous séduire encore davantage, votre collection Or a changé de couverture et de nom depuis le 1er mars 1995.

Rassurez-vous, les romans, eux, ne changent pas, et vous pourrez retrouver dans la collection **Amours d'Aujourd'hui** tous vos auteurs préférés.

Comme chaque mois, en effet, vous y attendent des héros d'aujourd'hui, aux prises avec des passions fortes et des situations difficiles...

COLLECTION
AMOURS D'AUJOURD'HUI :
Quand l'amour guérit des blessures de la vie...

Chère lectrice,

Vous nous êtes fidèle depuis longtemps?
Vous venez de faire notre connaissance?

C'est pour votre plaisir que nous avons
imaginé un rendez-vous chaque mois
avec vos auteurs préférés, vos
AUTEURS VEDETTE dans les
collections Azur et Horizon.

Les AUTEURS VEDETTE vous
donneront rendez-vous pour de
nouveaux livres vedette.

Pour les reconnaître, cherchez
l'étoile... Elle vous guidera!

Éditions Harlequin

HARLEQUIN

LE FORUM DES LECTEURS ET LECTRICES

CHERS(ES) LECTEURS ET LECTRICES,

VOUS NOUS ETES FIDÈLES DEPUIS LONGTEMPS?

VOUS VENEZ DE FAIRE NOTRE CONNAISSANCE?

SI VOUS AVEZ DES COMMENTAIRES, DES CRITIQUES À FORMULER, DES SUGGESTIONS À OFFRIR, N'HÉSITEZ PAS… ÉCRIVEZ-NOUS À:

> LES ENTERPRISES HARLEQUIN LTÉE.
> 498 RUE ODILE
> FABREVILLE, LAVAL, QUÉBEC.
> H7R 5X1

C'EST AVEC VOS PRÉCIEUX COMMENTAIRES QUE NOUS ALLONS POUVOIR MIEUX VOUS SERVIR.

DE PLUS, SI VOUS DÉSIREZ RECEVOIR UNE OU PLUSIEURS DE VOS SÉRIES HARLEQUIN PRÉFÉRÉE(S) À VOTRE DOMICILE, NE TARDEZ PAS À CONTACTER LE SERVICE D'ABONNEMENT; EN APPELANT AU (514) 875-4444 (RÉGION DE MONTRÉAL) OU 1-800-667-4444 (EXTÉRIEUR DE MONTRÉAL) OU TÉLÉCOPIEUR (514) 523-4444 OU COURRIER ELECTRONIQUE: AQCOURRIER@ABONNEMENT.QC.CA OU EN ÉCRIVANT À:

> ABONNEMENT QUÉBEC
> 525 RUE LOUIS-PASTEUR
> BOUCHERVILLE, QUÉBEC
> J4B 8E7

MERCI, À L'AVANCE, DE VOTRE COOPÉRATION.

BONNE LECTURE.

HARLEQUIN.

VOTRE PASSEPORT POUR LE MONDE DE L'AMOUR.

69 L'ASTROLOGIE EN DIRECT
TOUT AU LONG
DE L'ANNÉE.

(France métropolitaine uniquement)
Par téléphone 08.92.68.41.01
0,34 € la minute (Serveur JET MULTIMÉDIA).

Composé et édité par les
*éditions*Harlequin
Achevé d'imprimer en septembre 2005

BUSSIÈRE

GROUPE CPI

à Saint-Amand-Montrond (Cher)
Dépôt légal : octobre 2005
N° d'imprimeur : 52160 — N° d'éditeur : 11601

Imprimé en France